# 四方食事，
# 不过一碗
# 人间烟火

汪曾祺　梁实秋　等著

光明日报出版社

图书在版编目（CIP）数据

四方食事，不过一碗人间烟火 / 汪曾祺等著. -- 北京：光明日报出版社，2024.1
ISBN 978-7-5194-7732-5

Ⅰ.①四… Ⅱ.①汪… Ⅲ.①散文集—中国—现代②散文集—中国—当代 Ⅳ.①I266

中国国家版本馆CIP数据核字(2024)第004049号

## 四方食事，不过一碗人间烟火
sifang shi shi, buguo yiwan renjian yanhuo

| 著　　者： | 汪曾祺　梁实秋　等 | | |
|---|---|---|---|
| 责任编辑： | 郭玫君 | 策　　划： | 崔付建　秦国娟　朱　莹 |
| 封面设计： | 鸿儒文轩·末末美书 | 责任校对： | 房　蓉 |
| 责任印制： | 曹　净 | | |

| 出版发行 | 光明日报出版社 |
|---|---|
| 地　　址 | 北京市西城区永安路106号，100050 |
| 电　　话 | 010-63169890（咨询），010-63131930（邮购） |
| 传　　真 | 010-63131930 |
| 网　　址 | http://book.gmw.cn |
| E - mail | gmrbcbs@gmw.cn |
| 法律顾问 | 北京市兰台律师事务所龚柳方律师 |

| 印　　刷 | 三河市华东印刷有限公司 |
|---|---|
| 装　　订 | 三河市华东印刷有限公司 |

本书如有破损、缺页、装订错误，请与本社联系调换，电话：010-67019571

| 开　　本： | 145mm×210mm | 印　　张： | 7.75 |
|---|---|---|---|
| 字　　数： | 130千字 | | |
| 版　　次： | 2024年1月第1版 | | |
| 印　　次： | 2024年1月第1次印刷 | | |
| 书　　号： | ISBN 978-7-5194-7732-5 | | |
| 定　　价： | 48.00元 | | |

版权所有　　翻印必究

# 目录

## 一 舌尖上的故乡

| | | |
|---|---|---|
| 故乡的食物 | 汪曾祺 | 002 |
| 故乡的野菜 | 周作人 | 022 |
| 藕与莼菜 | 叶圣陶 | 026 |
| 食味杂记 | 鲁　彦 | 030 |
| 清宫饮食回顾 | 溥　仪 | 036 |

## 二 大味至简

| 萝　卜 | 汪曾祺 | 044 |
| --- | --- | --- |
| 豆　腐 | 汪曾祺 | 051 |
| 菠　菜 | 梁实秋 | 061 |
| 锅　巴 | 梁实秋 | 063 |
| 饺　子 | 梁实秋 | 066 |
| 萝卜与白薯 | 周作人 | 069 |
| 略谈腐乳 | 周作人 | 071 |

## 三 寻味八方

| | | |
|---|---|---|
| 五　味 | 汪曾祺 | 076 |
| 手把肉 | 汪曾祺 | 082 |
| 昆明菜 | 汪曾祺 | 088 |
| 饮食男女在福州 | 郁达夫 | 101 |
| 风檐尝烤肉 | 张恨水 | 112 |
| 略谈杭州北京的饮食 | 俞平伯 | 115 |
| 南北的点心 | 周作人 | 127 |
| 日本的衣食住 | 周作人 | 135 |
| 吃　的 | 朱自清 | 149 |

## 四 趣味小食

| | | |
|---|---|---|
| 北平的零食小贩 | 梁实秋 | 158 |
| 酸梅汤与糖葫芦 | 梁实秋 | 168 |
| 栗　子 | 梁实秋 | 172 |
| 落花生 | 老　舍 | 175 |
| 卖　糖 | 周作人 | 179 |
| 谈油炸鬼 | 周作人 | 183 |
| 羊肝饼 | 周作人 | 189 |

## 五 谈吃偶感

| | | |
|---|---|---|
| 吃食和文学 | 汪曾祺 | 194 |
| 吃　菜 | 周作人 | 206 |
| 宴之趣 | 郑振铎 | 212 |
| 咬菜根 | 朱　湘 | 219 |
| 谈　吃 | 夏丏尊 | 222 |
| 论吃饭 | 朱自清 | 227 |

# 一 舌尖上的故乡

# 故乡的食物

汪曾祺

## 炒米和焦屑

小时读《板桥家书》:"天寒冰冻时暮,穷亲戚朋友到门,先泡一大碗炒米送手中,佐以酱姜一小碟,最是暖老温贫之具",觉得很亲切。郑板桥是兴化人,我的家乡是高邮,风气相似。这样的感情,是外地人们不易领会的。炒米是各地都有的。但是很多地方都做成了炒米糖。这是很便宜的食品。孩子买了,咯咯地嚼着。四川有"炒米糖开水",车站码头都有得卖,那是泡着吃的。

但四川的炒米糖似也是专业的作坊做的，不像我们那里。我们那里也有炒米糖，像别处一样，切成长方形的一块一块。也有搓成圆球的，叫做"欢喜团"。那也是作坊里做的。但通常所说的炒米，是不加糖粘结的，是"散装"的；而且不是作坊里做出来，是自己家里炒的。

说是自己家里炒，其实是请了人来炒的。炒炒米也要点手艺，并不是人人都会的。入了冬，大概是过了冬至吧，有人背了一面大筛子，手执长柄的铁铲，大街小巷地走，这就是炒炒米的。有时带一个助手，多半是个半大孩子，是帮他烧火的。请到家里来，管一顿饭，给几个钱，炒一天。或二斗，或半石；像我们家人口多，一次得炒一石糯米。炒炒米都是把一年所需一次炒齐，没有零零碎碎炒的。过了这个季节，再找炒炒米的也找不着。一炒炒米，就让人觉得，快要过年了。

装炒米的坛子是固定的，这个坛子就叫"炒米坛子"，不作别的用途。舀炒米的东西也是固定的，一般人家大都是用一个香烟罐头。我的祖母用的是一个"柚子壳"。柚子，——我们那里柚子不多见，从顶上开一个洞，把里面的瓤掏出来，再塞上米糠，风干，就成了一个硬壳的钵状的东西。她用这个柚子壳用了一辈子。

我父亲有一个很怪的朋友，叫张仲陶。他很有学问，曾教我读过《项羽本纪》。他薄有田产，不治生业，整天在家研究易经，算卦。他算卦用蓍草。全城只有他一个人用蓍草算卦。据说他有几卦算得极灵。有一家，丢了一只金戒指，怀疑是女佣人偷了。这女佣人蒙了冤枉，来求张先生算一卦。张先生算了，说戒指没有丢，在你们家炒米坛盖子上。一找，果然。我小时就不大相信，算卦怎么能算得这样准，怎么能算得出在炒米坛盖子上呢？不过他的这一卦说明了一件事，即我们那里炒米坛子是几乎家家都有的。

炒米这东西实在说不上有什么好吃。家常预备，不过取其方便。用开水一泡，马上就可以吃。在没有什么东西好吃的时候，泡一碗，可代早晚茶。来了平常的客人，泡一碗，也算是点心。郑板桥说"穷亲戚朋友到门，先泡一大碗炒米送手中"，也是说其省事，比下一碗挂面还要简单。炒米是吃不饱人的。一大碗，其实没有多少东西。我们那里吃泡炒米，一般是抓上一把白糖，如板桥所说"佐以酱姜一小碟"，也有，少。我现在岁数大了，如有人请我吃泡炒米，我倒宁愿来一小碟酱生姜，——最好滴几滴香油，那倒是还有点意思。另外还有一种吃法，用猪油煎两个嫩荷包蛋——我们那里叫做"蛋瘪子"，抓一把炒米和在一起吃。这种食品是只有"惯宝宝"才能吃得到的。谁家要是老给孩子吃这种东西，街坊就会有议论的。

我们那里还有一种可以急就的食品，叫做"焦屑"。糊锅巴磨成碎末，就是焦屑。我们那里，餐餐吃米饭，顿顿有锅巴。把饭铲出来，锅巴用小火烘焦，起出来，卷成一卷，存着。锅巴是不会坏的，不发馊，不长霉。攒够一定的数量，就用一具小石磨磨碎，放起来。焦屑也像炒米一样，用开水冲冲，就能吃了。焦屑调匀后成糊状，有点像北方的炒面，但比炒面爽口。

我们那里的人家预备炒米和焦屑，除了方便，原来还有一层意思，是应急。在不能正常煮饭时，可以用来充饥。这很有点像古代行军用的"糒"。有一年，记不得是哪一年，总之是我还小，还在上小学，党军（国民革命军）和联军（孙传芳的军队）在我们县境内开了仗，很多人都躲进了红十字会。不知道出于一种什么信念，大家都以为红十字会是哪一方的军队都不能打进去的，进了红十字会就安全了。红十字会设在炼阳观，这是一个道士观。我们一家带了一点行李进了炼阳观。祖母指挥着，特别关照，把一坛炒米和一坛焦屑带了去。我对这种打破常规的生活极感兴趣。晚上，爬到吕祖楼上去，看双方军队枪炮的火光在东北面不知什么地方一阵一阵地亮着，觉得有点紧张，也觉得好玩。很多人家住在一起，不能煮饭，这一晚上，我们是冲炒米、泡焦屑度过的。没有床铺，我把几个道士诵经用的蒲团拼起来，在上面睡了一夜。这实在是我小时候度过的一个浪漫主义的夜晚。

第二天，没事了，大家就都回家了。

炒米和焦屑和我家乡的贫穷和长期的动乱是有关系的。

## 端午的鸭蛋

家乡的端午，很多风俗和外地一样。系百索子。五色的丝线拧成小绳，系在手腕上。丝线是掉色的，洗脸时沾了水，手腕上就印得红一道绿一道的。做香角子。丝线缠成小粽子，里头装了香面，一个一个串起来，挂在帐钩上。贴五毒。红纸剪成五毒，贴在门坎上。贴符。这符是城隍庙送来的。城隍庙的老道士还是我的寄名干爹，他每年端午节前就派小道士送符来，还有两把小纸扇。符送来了，就贴在堂屋的门楣上。一尺来长的黄色、蓝色的纸条，上面用朱笔画些莫名其妙的道道，这就能辟邪么？喝雄黄酒。用酒和的雄黄在孩子的额头上画一个王字，这是很多地方都有的。有一个风俗不知别处有不：放黄烟子。黄烟子是大小如北方的麻雷子的炮仗，只是里面灌的不是硝药，而是雄黄。点着后不响，只是冒出一股黄烟，能冒好一会。把点着的黄烟子丢在橱柜下面，说是可以熏五毒。小孩子点了黄烟子，常把它的一头抵在板壁上写虎字。写黄烟虎字笔画不能断，所以我们那里的孩子都会写草书的"一笔虎"。还有一个风俗，是端午节的午饭要吃"十二红"，就是十二道红颜色的菜。十二红里我只记得有炒红苋菜、油爆虾、咸鸭蛋，其余的都记不清，数不出了。也许十二红只是一个名目，不一定真凑足十二样。不过午饭的菜都是红的，这一点是我没有记错的，而且，苋菜、虾、鸭蛋，一定是有的。这三样，在我的家乡，都不贵，多数人家是吃得起的。

　　我的家乡是水乡。出鸭。高邮大麻鸭是著名的鸭种。鸭多，鸭蛋也多。高邮人也善于腌鸭蛋。高邮咸鸭蛋于是出了名。我在苏南、浙江，每逢有人问起我的籍贯，回答之后，对方就会肃然起敬："哦！你们那里出咸鸭蛋！"上海的卖腌腊的店铺里也卖咸鸭蛋，必用纸条特别标明"高邮咸蛋"。高邮还出双黄鸭蛋。别处鸭蛋也偶有双黄的，但不如高邮的多，可以成批输出。双黄鸭蛋味道其实无特别处。还不就是个鸭蛋！只是切开之后，里面圆圆的两个黄，使人惊奇不已。我对异乡人称道高邮鸭蛋，是不大高兴的，好像我们那穷地方就出鸭蛋似的！不过高邮的咸鸭蛋，确实是好，我走的地方不少，所食鸭蛋多矣，但和我家乡的完全不能相比！曾经沧海难为水，他乡咸鸭蛋，我实在瞧不上。袁枚的《随园食单·小菜单》有"腌蛋"一条。袁子才这个人我不喜欢，他的《食单》好些菜的做法是听来的，他自己并不会做菜。但是《腌蛋》这一条我看后却觉得很亲切，而且"与有荣焉"。文不长，录如下：

> 腌蛋以高邮为佳，颜色细而油多，高文端公最喜食之。席间，先夹取以敬客，放盘中。总宜切开带壳，黄白兼用；不可存黄去白，使味不全，油亦走散。

高邮咸蛋的特点是质细而油多。蛋白柔嫩，不似别处的发干、发粉，入口如嚼石灰。油多尤为别处所不及。鸭蛋的吃法，如袁子才所说，带壳切开，是一种，那是席间待客的办法。平常食用，一般都是敲破"空头"用筷子挖着吃。筷子头一扎下去，吱——红油就冒出来了。高邮咸蛋的黄是通红的。苏北有一道名菜，叫做"朱砂豆腐"，就是用高邮鸭蛋黄炒的豆腐。我在北京吃的咸鸭蛋，蛋黄是浅黄色的，这叫什么咸鸭蛋呢！

端午节,我们那里的孩子兴挂"鸭蛋络子"。头一天,就由姑姑或姐姐用彩色丝线打好了络子。端午一早,鸭蛋煮熟了,由孩子自己去挑一个,鸭蛋有什么可挑的呢?有!一要挑淡青壳的。鸭蛋壳有白的和淡青的两种。二要挑形状好看的。别说鸭蛋都是一样的,细看却不同。有的样子蠢,有的秀气。挑好了,装在络子里,挂在大襟的纽扣上。这有什么好看呢?然而它是孩子心爱的饰物。鸭蛋络子挂了多半天,什么时候孩子一高兴,就把络子里的鸭蛋掏出来,吃了。端午的鸭蛋,新腌不久,只有一点淡淡的咸味,白嘴吃也可以。

孩子吃鸭蛋是很小心的,除了敲去空头,不把蛋壳碰破。蛋黄蛋白吃光了,用清水把鸭蛋里面洗净,晚上捉了萤火虫来,装在蛋壳里,空头的地方糊一层薄罗。萤火虫在鸭蛋壳里一闪一闪地亮,好看极了!

小时读囊萤映雪故事,觉得东晋的车胤用练囊盛了几十只萤火虫,照了读书,还不如用鸭蛋壳来装萤火虫。不过用萤火虫照亮来读书,而且一夜读到天亮,这能行么?车胤读的是手写的卷子,字大,若是读现在的新五号字,大概是不行的。

## 咸菜慈姑汤

一到下雪天,我们家就喝咸菜汤,不知是什么道理。是因为雪天买不到青菜?那也不见得。除非大雪三日,卖菜的出不了门,否则他们总还会上市卖菜的。这大概只是一种习惯。一早起来,看见飘雪花了,我就知道:今天中午是咸菜汤!

咸菜是青菜腌的。我们那里过去不种白菜,偶有卖的,叫做"黄芽菜",是外地运去的,很名贵。一盘黄芽菜炒肉丝,是上等菜。平常吃的,都是青菜,青菜似油菜,但高大得多。入秋,腌菜,这时青菜正肥。把青菜成担的买来,洗净,晾去水气,下缸。一层菜,一层盐,码实,即成。随吃随取,可以一直吃到第二年春天。

腌了四五天的新咸菜很好吃,不咸,细、嫩、脆、甜,难可比拟。

咸菜汤是咸菜切碎了煮成的。到了下雪的天气,咸菜已经腌得很咸了,而且已经发酸。咸菜汤的颜色是暗绿的。没有吃惯的人,是不容易引起食欲的。

咸菜汤里有时加了慈姑片,那就是咸菜慈姑汤。或者叫慈姑咸菜汤,都可以。

我小时候对慈姑实在没有好感。这东西有一种苦味。民国二十年，我们家乡闹大水，各种作物减产，只有慈姑却丰收。那一年我吃了很多慈姑，而且是不去慈姑的嘴子的，真难吃。

我十九岁离乡，辗转漂流，三四十年没有吃到慈姑，并不想。

前好几年，春节后数日，我到沈从文老师家去拜年，他留我吃饭，师母张兆和炒了一盘慈姑肉片。沈先生吃了两片慈姑，说："这个好！格比土豆高。"我承认他这话。吃菜讲究"格"的高低，这种语言正是沈老师的语言。他是对什么事物都讲"格"的，包括对于慈姑、土豆。

因为久违，我对慈姑有了感情。前几年，北京的菜市场在春节前后有卖慈姑的。我见到，必要买一点回来加肉炒了。家里人都不怎么爱吃。所有的慈姑，都由我一个人"包圆儿"了。

北方人不识慈姑。我买慈姑，总要有人问我："这是什么？"——"慈姑。"——"慈姑是什么？"这可不好回答。

北京的慈姑卖得很贵，价钱和"洞子货"（温室所产）的西红柿、野鸡脖韭菜差不多。

我很想喝一碗咸菜慈姑汤。

我想念家乡的雪。

## 虎头鲨·昂嗤鱼·砗螯·螺蛳·蚬子

苏州人特重塘鳢鱼。上海人也是,一提起塘鳢鱼,眉飞色舞。塘鳢鱼是什么鱼?我向往之久矣。到苏州,曾想尝尝塘鳢鱼,未能如愿。后来我知道:塘鳢鱼就是虎头鲨,嘻!

塘鳢鱼亦称土步鱼。《随园食单》:"杭州以土鱼为上品,而金陵人贱之,目为虎头蛇,可发一笑。"虎头蛇即虎头鲨。这种鱼样子不好看,而且有点凶恶。浑身紫褐色,有细碎黑斑,头大而多骨,鳍如蝶翅。这种鱼在我们那里也是贱鱼,是不能上席的。苏州人做塘鳢鱼有清炒、椒盐多法。我们家乡通常的吃法是氽汤,加醋、胡椒。虎头鲨氽汤,鱼肉极细嫩,松而不散,汤味极鲜,开胃。

昂嗤鱼的样子也很怪,头扁嘴阔,有点像鲇鱼,无鳞,皮色黄,有浅黑色的不规整的大斑。无背鳍,而背上有一根很硬的尖锐的骨刺。用手捏起这根骨刺,它就发出昂嗤昂嗤小小的声音。这声音是怎么发出来的,我一直没弄明白。这种鱼是由这种声音得名的。它的学名是什么,只有去问鱼类学专家了。这种鱼没有很大的,七八寸长的,就算难得的了。这种鱼也很贱,连乡下人也看不起。我的一个亲戚在农村插队,见到昂嗤鱼，买了一些，农民都笑他："买这种鱼干什么！"昂嗤鱼其实是很好吃的。昂嗤鱼通常也是氽汤。虎头鲨是醋汤，昂嗤鱼不加醋，汤白如牛乳，是所谓"奶汤"。昂嗤鱼也极细嫩，鳃边的两块蒜瓣肉有大拇指大，堪称至味。有一年，北京一家鱼店不知从哪里运来一些昂嗤鱼，无人问津。顾客都不识这是啥鱼。有一位卖鱼的老师傅倒知道："这是昂嗤。"我看到，高兴极了，买了十来条。回家一做，满不是那么一回事！昂嗤要吃活的（虎头鲨也是活杀）。长途转运，又在冷库里冰了一些日子，肉质变硬，鲜味全失，一点意思都没有！

砗螯，我的家乡叫馋螯，砗螯是扬州人的叫法。我在大连见到花蛤，我以为就是砗螯，不是。形状很相似，入口全不同。花蛤肉粗而硬，咬不动。砗螯极柔软细嫩。砗螯好像是淡水里产的，但味道却似海鲜。有点像蛎黄，但比蛎黄味道清爽。比青蛤、蚶子味厚。砗螯可清炒，烧豆腐，或与咸肉同煮。砗螯烧乌青菜（江南人叫塌苦菜），风味绝佳。乌青菜如是经霜而现拔的，尤美。我不食砗螯四十五年矣。

砗螯壳稍呈三角形，质坚，白如细瓷，而有各种颜色的弧形花斑，有浅紫的，有暗红的，有赭石、墨蓝的，很好看。家里买了砗螯，挖出砗螯肉，我们就从一堆砗螯壳里去挑选，挑到好的，洗净了留起来玩。砗螯壳的铰合部有两个突出的尖嘴子，把尖嘴子在糙石上磨磨，不一会就磨出两个小圆洞，含在嘴里吹，呜呜地响，且有细细颤音，如风吹窗纸。

螺蛳处处有之。我们家乡清明吃螺蛳，谓可以明目。用五香煮熟螺蛳，分给孩子，一人半碗，由他们自己用竹签挑着吃。孩子吃了螺蛳，用小竹弓把螺蛳壳射到屋顶上，喀拉喀拉地响。夏天"检漏"，瓦匠总要扫下好些螺蛳壳。这种小弓不作别的用处，就叫做螺蛳弓，我在小说《戴东匠》里对螺蛳弓有较详细的描写。

蚬子是我所见过的贝类里最小的了，只有一粒瓜子大。蚬子是剥了壳卖的。剥蚬子的人家附近堆了好多蚬子壳，像一个坟头。蚬子炒韭菜，很下饭。这种东西非常便宜，为小户人家的恩物。

有一年修运河堤。按工程规定，有一段堤面应铺碎石，包工的贪污了款子，在堤面铺了一层蚬子壳。前来检收的委员，坐在汽车里，向外一看，白花花的一片，还抽着雪茄烟，连说："很好！很好！"

我的家乡富水产。鱼中之名贵的是鳊鱼、白鱼（尤重翘嘴白）、鲈花鱼（即鳜鱼），谓之"鳊、白、鲈"。虾有青虾、白虾。蟹极肥。以无特点，故不及。

## 野鸭·鹌鹑·斑鸠

过去，我们那里野鸭子很多。水乡，野鸭子自然多。秋冬之际，天上有时"过"野鸭子，黑乎乎的一大片，在地上可以听到它们鼓翅的声音，呼呼的，好像刮大风。野鸭子是枪打的（野鸭肉里常常有很细的铁砂子，吃时要小心），但打野鸭子的人自己不进城来卖。卖野鸭子有专门的摊子。有时卖鱼的也卖野鸭子，把一个养活鱼的木盆翻过来，野鸭一对一对地摆在盆底，卖野鸭子是不用秤约的，都是一对一对地卖。野鸭子是有一定分量的。依分量大小，有一定的名称，如"对鸭""八鸭"。哪一种有多大分量，我现在已经记不清了。卖野鸭子都是带毛的。卖野鸭子的可以代客当场去毛，拔野鸭毛是不能用开水烫的。野鸭子皮薄，一烫，皮就破了。干拔，卖野鸭子的把一只鸭子放入一个麻袋里，一手提鸭，一手拔毛，一会儿就拔净了。——放在麻袋里拔，是防止鸭毛飞散。代客拔毛，不另收费，卖野鸭子的只要那一点鸭毛。——野鸭毛是值钱的。

野鸭的吃法通常是切块红烧。清炖大概也可以吧，我没有吃过。野鸭子肉的特点是：细、"酥"，不像家鸭每每肉老。野鸭烧咸菜是我们那里的家常菜。里面的咸菜尤其是佐粥的妙品。

现在我们那里的野鸭子很少了。前几年我回乡一次，偶有，卖得很贵。原因据说是因为县里对各乡水利作了全面综合治理，过去的水荡子、荒滩少了，野鸭子无处栖息。而且，野鸭子过去是吃收割后遗撒在田里的谷粒的，现在收割得很干净，颗粒归仓，野鸭子没有什么可吃的，不来了。

鹌鹑是网捕的。我们那里吃鹌鹑的人家少，因为这东西只有由乡下的亲戚送来，市面上没有卖的。鹌鹑大都是用五香卤了吃。也有用油炸了的。鹌鹑能斗，但我们那里无斗鹌鹑的风气。

我看见过猎人打斑鸠。我在读初中的时候。午饭后，我到学校后面的野地里去玩。野地里有小河，有野蔷薇，有金黄色的茼蒿花，有苍耳（苍耳子有小钩刺，能挂在衣裤上，我们管它叫"万把钩"），有才抽穗的芦荻。在一片树林里，我发现一个猎人。我们那里猎人很少，我从来没有见过猎人，但是我一看见他，就知道：他是一个猎人。这个猎人给我一个非常猛厉的印象。他穿了一身黑，下面却缠了鲜红的绑腿。他很瘦。他的眼睛黑，而冷。他握着枪。他在干什么？树林上面飞过一只斑鸠。他在追逐这只斑鸠。斑鸠分明已经发现猎人了。它想逃脱。斑鸠飞到北面，在树上落一落，猎人一步一步往北走。斑鸠连忙往南面飞，猎人扬头看了一眼，斑鸠落定了，猎人又一步一步往南走，非常冷静。这是一场无声的，然而非常紧张的、坚持的较量。斑鸠来回飞，猎人来回走。我很奇怪，为什么斑鸠不往树林外面飞。这样几个来回，斑鸠慌了神了，它飞得不稳了，歪歪倒倒的，失去了原来均匀的节奏。忽然，砰，——枪声一响，斑鸠应声而落。猎人走过去，拾起斑鸠，看了看，装在猎袋里。他的眼睛很黑，很冷。

我在小说《异秉》里提到王二的熏烧摊子上，春天，卖一种叫做"鹅"的野味。这种东西我在别处没看见过。"鹅"这个字很多人也不认得。多数字典里不收。《辞海》里倒有这个字，标音为（duo 又读 zhua）。zhua 与我乡读音较近，但我们那里是读入声的，这只有用国际音标才标得出来。即使用国际音标标出，在不知道"短促急收藏"的北方人也是读不出来的。《辞海》"鹅"字条下注云"见鸠"，似以为"鹅"即"鹅鸠"。而在"鹅鸠"条下注云："鸟名。雉属。即'沙鸡'。"这就不对了。沙鸡我是见过的，吃过的。内蒙、张家口多出沙鸡。《尔雅·释鸟》郭璞注"出北方沙漠地"，不错。北京冬季偶尔也有卖的。沙鸡嘴短而红，腿也短。我们那里的鹨却是水鸟，嘴长，腿也长。鹨的滋味和沙鸡有天渊之别。沙鸡肉较粗，略有酸味；鹨肉极细，非常香。我一辈子没有吃过比鹨更香的野味。

## 蒌蒿·枸杞·荠菜·马齿苋

小说《大淖记事》："春初水暖，沙洲上冒出很多紫红色的芦芽和灰绿色的蒌蒿，很快就是一片翠绿了。"我在书面下方加了一条注："蒌蒿是生于水边的野草，粗如笔管，有节，生狭长的小叶，初生二寸来高，叫做'蒌蒿薹子'，加肉炒食极清香。……"蒌蒿的蒌字，我小时不知怎么写，后来偶然看了一本什么书，才知道的。这个字音"吕"。我小学有一个同班同学，姓吕，我们就给他起了个外号，叫"蒌蒿薹子"（蒌蒿薹子家开了一爿糖坊，小学毕业后未升学，我们看见他坐在糖坊里当小老板，觉得很滑稽）。但我查了几本字典，"蒌"都音"楼"，我有点恍惚了。"楼""吕"一声之转。许多从"娄"的字都读"吕"，如"屡""缕""褛"……这本来无所谓，读"楼"读"吕"，关系不大。但字典上都说蒌蒿是蒿之一种，即白蒿，我却有点不以为然了。我小说里写的蒌蒿和蒿其实不相干。读苏东坡《惠崇春江晚景》诗："竹外桃花三两枝，春江水暖鸭先知。蒌蒿满地芦芽短，正是河豚欲上时。"此蒌蒿生于水边，与芦芽为伴，分明是我的家乡人所吃的蒌蒿，非白蒿。或者"即白蒿"的蒌蒿别是一种，未可知矣。深望懂诗、懂植物学，也懂吃的博雅君子有以教我。

我的小说注文中所说的"极清香"，很不具体。嗅觉和味觉是很难比方，无法具体的。昔人以为荔枝味似软枣，实在是风马牛不相及。我所谓"清香"，即食时如坐在河边闻到新涨的春水的气味。这是实话，并非故作玄言。

枸杞到处都有。开花后结长圆形的小浆果，即枸杞子。我们叫它"狗奶子"，形状颇像。本地产的枸杞子没有入药的，大概不如宁夏产的好。枸杞是多年生植物。春天，冒出嫩叶，即枸杞头。枸杞头是容易采到的。偶尔也有近城的乡村的女孩子采了，放在竹篮里叫卖："枸杞头来！……"枸杞头可下油盐炒食；或用开水焯了，切碎，加香油、酱油、醋，凉拌了吃。那滋味，也只能说"极清香"。春天吃枸杞头，云可以清火，如北方人吃苣荬菜一样。

"三月三，荠菜花赛牡丹。"俗谓是日以荠菜花置灶上，则蚂蚁不上锅台。

北京也偶有荠菜卖。菜市上卖的是园子里种的,茎白叶大,颜色较野生者浅淡,无香气。农贸市场间有南方的老太太挑了野生的来卖,则又过于细瘦,如一团乱发,制熟后强硬扎嘴。总不如南方野生的有味。

江南人惯用荠菜包春卷,包馄饨,甚佳。我们家乡有用来包春卷的,用来包馄饨的没有,——我们家乡没有"菜肉馄饨"。一般是凉拌。荠菜焯熟剁碎,界首茶干切细丁,入虾米,同拌。这道菜是可以上酒席作凉菜的。酒席上的凉拌荠菜都用手抟成一座尖塔,临吃推倒。

马齿苋现在很少有人吃。古代这是相当重要的菜蔬。苋分人苋、马苋。人苋即今苋菜,马苋即马齿苋。我的祖母每于夏天摘肥嫩的马齿苋晾干,过年时做馅包包子。她是吃长斋的,这种包子只有她一个人吃。我有时从她的盘子里拿一个,蘸了香油吃,挺香。马齿苋有点淡淡的酸味。

马齿苋开花,花瓣如一小囊。我们有时捉了一个哑巴知了,——知了是应该会叫的,捉住一个哑巴,多么扫兴!于是就摘了两个马齿苋的花瓣套住它的眼睛,——马齿苋花瓣套知了眼睛正合适,一撒手,这知了就拼命往高处飞,一直飞到看不见!

三年自然灾害,我在张家口沙岭子吃过不少马齿苋。那时候,这是宝物!

原载《雨花》一九八六年第五期

# 故乡的野菜

周作人

我的故乡不止一个,凡我住过的地方都是故乡。故乡对于我并没有什么特别的情分,只因钓于斯游于斯的关系,朝夕会面,遂成相识。正如乡村里的邻舍一样,虽然不是亲属,别后有时也要想念到他。我在浙东住过十几年,南京、东京都住过六年,这都是我的故乡。现在住在北京,于是北京就成了我的家乡了。

日前,我的妻往西单市场买菜回来,说起有荠菜在那里卖着,我便想起浙东的事来。荠菜是浙东人春天常吃的野菜,乡间不必说,就是城里只要有后园的人家都可以随时采食。妇女小儿各拿一把剪刀、一只"苗篮",蹲在地上搜寻,是一种有趣味的游戏的工作。那时,小孩们唱道:"荠菜马兰头,姊姊嫁在后门头。"后来马兰头有乡人拿来进城售卖了,但荠菜还是一种野菜,须得自家去采。关于荠菜向来颇有风雅的传说,不过这似乎以吴地为主。《西湖游览志》云:"三月三日,男女皆戴荠菜花。谚云:三春戴荠花,桃李羞繁华。"顾禄的《清嘉录》上亦说:"荠菜花俗呼野菜花,因谚有'三月三,蚂蚁上灶山'之语,三日人家皆以野菜花置灶径上,以厌虫蚁。清晨村童叫卖不绝。或妇女簪髻上以祈清目,俗号眼亮花。"但浙东人却不很理会这些事情,只是挑来做菜或炒年糕吃罢了。

黄花麦果通称鼠䴷草,系菊科植物,叶小,微圆互生,表面有白毛,花黄色,簇生梢头。春天采嫩叶,捣烂去汁,和粉做糕,称黄花麦果糕。小孩们有歌赞美之云:

> 黄花麦果韧结结,
> 关得大门自要吃,
> 半块拿弗出,一块自要吃。

清明前后扫墓时，有些人家——大约是保存古风的人家——用黄花麦果做供，但不做饼状，做成小颗如指顶大，或细条如小指，以五六个做一攒，名曰茧果，不知是什么意思。或因蚕上山时设祭，也用这种食品，故有是称，亦未可知。自从十二三岁时外出不参与外祖家扫墓以后，不复见过茧果。近来住在北京，也不再见黄花麦果的影子了。日本称做"御形"，与荠菜同为春天的七草之一，也采来做点心用，状如艾饺，名曰"草饼"，春分前后多食之，在北京也有，但是吃去总是日本风味，不复是儿时的黄花麦果糕了。

扫墓时候所常吃的还有一种野菜，俗称草紫，通称紫云英。农人在收获后，播种田内，用做肥料，是一种很被贱视的植物，但采取嫩茎瀹食，味颇鲜美，似豌豆苗。花紫红色，数十亩接连不断，一片锦绣，如铺着华美的地毯，非常好看，而且花朵状若蝴蝶，又如鸡雏，尤为小孩所喜。间有白色的花，相传可以治痢，很是珍重，但不易得。日本《俳句大辞典》云："此草与蒲公英同是习见的东西，从幼年时代便已熟识。在女人里边，不曾采过紫云英的人，恐未必有罢。"中国古来没有花环，但紫云英的花球却是小孩常玩的东西，这一层我还替那些小人们欣幸的。浙东扫墓用鼓吹，所以少年常随了乐音去看

"上坟船里的姣姣",没有钱的人家虽没有鼓吹,但是船头上篷窗下总露出些紫云英和杜鹃的花束,这也就是上坟船的确实的证据了。

十三年二月

# 藕与莼菜

叶圣陶

同朋友喝酒，嚼着薄片的雪藕，忽然怀念起故乡来了。若在故乡，每当新秋的早晨，门前经过许多的乡人：男的紫赤的胳膊和小腿肌肉突起，躯干高大且挺直，使人起健康的感觉；女的往往裹着白地青花的头巾，虽然赤脚，却穿短短的夏布裙，躯干固然不及男的这样高，但是别有一种健康的美的风致；他们各挑着一副担子，盛着鲜嫩玉色的长节的藕。在产藕的池塘里，在城外曲曲弯弯的小河边，他们把这些藕一再洗濯，所以这样洁白。仿佛他们以为这是供人品味的珍品，这是清晨的画境里的重要题材，倘若涂满污泥，就把人家欣赏的浑凝之感打破了；这是一件罪过的事，他们不愿意担在身上，故而先把它们洗濯得这样洁白，才进城里来。他们要稍稍休息的时候，就把竹扁担横在地上，自己坐在上面，随便拣择担里过嫩的"藕枪"或是较老的"藕朴"，大口地嚼着解渴。过路的人就站住了，红衣衫的小姑娘拣一节，白头发的老公公买两支。清淡的甘美的滋味于是普遍于家家户户了。这样情形差不多是平常的日课，要到叶落秋深的时候。

在上海这里，藕这东西几乎是珍品了。大概也是从我们的故乡运来的，但是数量不多，自有那些伺候豪华公子硕腹巨贾的帮闲茶房们把大部分抢去了，其余的就要供在大的水果铺里，位置在金山苹果、吕宋香芒之间，专待善价而沽。至于挑着担子在街上叫卖的，也并不是没有，但不是瘦得像乞丐的臂和腿，就涩得像未熟的柿子，实在无从欣羡。因此，除了仅有的一回，我们今年竟不曾吃过藕。

这仅有的一回不是买来吃的，是邻舍送给我们吃的。他们也不是自己买的，是从故乡来的亲戚带来的。这藕离开它的家乡大约有好些时候了，所以不复呈玉样的颜色，却满被着许多锈斑。削去皮的时候，刀锋过处，很不爽利，切成片送入嘴里嚼着,有些儿甘味,但没有那种鲜嫩的感觉,而且似乎含了满口的渣,第二片就不想吃了。只有孩子很高兴,他把这许多片嚼完,居然有半点钟工夫不再作别的要求。

想起了藕就联想到莼菜。在故乡的春天,几乎天天吃莼菜。莼菜本身没有味道,味道全在于好的汤。但这样嫩绿的颜色与丰富的诗意,无味之味真足令人心醉。在每条街旁的小河里,石埠头总歇着一两条没篷的船,满舱盛着莼菜,是从太湖里捞来的。取得这样方便,当然能得日餐一碗了。

而在上海这里又不然,非上馆子就难以吃到这东西。我们当然不上馆子,偶然有一两回去叨扰朋友的酒席,恰又不是莼菜上市的时候,所以今年竟不曾吃过。直到最近,伯祥的杭州亲戚来了,送他瓶装的西湖莼菜,他送给我一瓶,我才算也尝了新。

向来不恋故乡的我,想到这里,觉得故乡可爱极了。我自己也不明白,为什么会起这么深浓的情绪?再一思索,实在很浅显的:因为在故乡有所恋,而所恋又只在故乡有,就萦系着不能割舍了。譬如亲密的家人在那里,知心的朋友在那里,怎得不恋恋?怎得不怀念?但是仅仅为了爱故乡么?不是的,不过在故乡的几个人把我们牵系着罢了。若无所牵系,更何所恋念？像我现在,偶然被藕与莼菜所牵系,所以就怀念起故乡来了。

所恋在哪里,哪里就是我们的故乡了。

一九二三年九月七日

# 食味杂记

鲁 彦

如其他的宁波人一般，我们家里每当十一二月间也要做一石米左右的点心，磨几斗糯米的汤果。所谓点心，就是有些地方的年糕，不过在我们那里还包括着形式略异的薄饼厚饼，元宝等。汤果则和汤团（有些地方叫做元宵团）完全是一类的东西，所差的是汤果只如钮子那样大小而且没有馅子。点心和汤果做成后，我们几乎天天要煮着当饭吃。我们一家人都非常喜欢这两种东西，正如其他的宁波人一般。

母亲姐姐妹妹和我都喜欢吃咸的东西。我们

总是用菜煮点心和汤果。但父亲的口味恰和我们的相反,他喜欢吃甜的东西。我们每年盼望父亲回家过年,只是要煮点心和汤果吃时,父亲若在家里便有点为难了。父亲吃咸的东西正如我们吃甜的东西一般,一样地咽不下去。我们两方面都难以迁就。母亲是最要省钱的,到了这时也只有甜的和咸的各煮一锅。照普遍的宁波人的俗例,正月初一必须吃一天甜汤果,因此欢天喜地的元旦在我们是一个磨难的日子,我们常常私自谈起,都有点怪祖宗不该创下这种规例。腻滑滑的甜汤果,我们勉强而又勉强地还吃不下一碗,父亲却能吃三四碗。我们对于父亲的嗜好都觉得奇怪、神秘。"甜的东西是没有一点味的。"我每每对父亲说。

　　二十几年来,我不仅不喜欢吃甜的东西,而且看见甜的(糖却是例外)还害怕,而至于厌憎。去年珊妹给我的信中有一句"蜜饯一般甜的……"竟忽然引起了我的趣味,觉得甜的滋味中还有令人魂飞的诗意,不能不去探索一下。因此遇到甜的东西,每每捐除了成见,带着几分好奇心情去尝试。直到现在,我的舌头仿佛和以前不同了。它并不觉得甜的没有味,在甜的和咸的东西在面前时,它都要吃一点。"甜的东西是没有一点味的"这句话我现在不说了。

031

从前在家里，梅还没有成熟的时候，母亲是不许我去买来吃的，因为太酸了。但明买不能，偷买却还做得到。我非常爱吃酸的东西，我觉得梅熟了反而没有味，梅的美味即在未成熟的时候。故乡的杨梅甜中带酸，在果类中算最美味的，我每每吃得牙齿不能吃饭。大概就是因为吃酸的果品吃惯了，近几年来在吃饭的时候，总是想把任何菜浸在醋中吃。有一年在南京，几乎每餐要一二碗醋。不仅浸菜吃，竟喝着下饭了。朋友们都有点惊骇，他们觉得这是一种古怪的嗜好，仿佛背后有神的力一般。但这在我是再平常不过的事情了。醋是一种美味的东西，绝不是使人害怕的东西，在我觉得。

许多人以为浙江人都不会吃辣椒，这却不对。据我所知，三江一带的地方，出辣椒的很多，会吃辣椒的人也很多。至于宁波，确是不大容易得到辣椒，宁波人除了少数在外地久住的人外，差不多都不会吃辣椒。辣椒在我们那边的乡间只是一种玩赏品。人家多把它种在小小的花盆里，和鸡冠花、满堂红之类排列在一处，欣赏辣椒由青色变成红色。那里的种类很少，大一点的非常不易得到，普通多是一种圆形的像钮子般大小的所谓钮子辣茄（宁波人喊辣椒为辣茄），但这一种也还并不多见。我年幼时不晓得辣椒是可以吃的东西，只晓得它很辣，除了玩赏之外还可以欺侮新娘子或新女婿。谁家的花轿进了门，常常便有许多孩子拿了羊尾巴或辣椒伸手到轿内去，往新娘子的嘴上抹。新女婿第一次到岳家时，年轻的男女常常串通了厨子，暗地里在他的饭内拌一点辣椒，看他辣得皱上眉毛，张着口，胥胥地响着，大家就哄然笑了起来。我自在北方吃惯了辣椒，去年回到家里要买一点吃吃便感到非常的苦恼。好不容易从城里买了一篮（据说城里有辣椒出卖还是最近几年的事），味道却如青菜一般一点也不辣。邻居听说我能吃辣椒，都当作一种新闻传说。平常一提到我，总要连带的提到辣椒。他们似乎把我当做一个外地人看待。他们看见我吃辣椒，便要发笑。我从他们的眼光中发觉到他们的脑中存着"他是夷狄之邦的人"的意思。

南方人到北方来最怕的是北方人口中的人蒜臭。然而这臭在北方人却是一种极可爱的香气。

在南方人闻了要吐，在北方人闻了大概比仁丹还能提神。我以前在北京好几处看见有人在吃茶时从衣袋里摸出一包生大蒜头，也同别人一样的奇怪，一样的害怕。但后来吃了几次，觉得这味道实在比辣椒好得多，吃了大蒜以后还有一种后味和香气久久地留在口中。少年端午节吃粽子，甚至用它拌着吃了。

"大蒜是臭的"这句话，从此离开了我的嘴巴。

宁波人腌菜和湖南人不同。湖南人多是把菜晒干了切碎，装入坛里，用草和箬片塞住了坛口，把坛倒竖在一只盛少许清水的小缸里。这样，空气不易进去，坛中的菜放一年两年也不易腐败，只要你常常调换小缸里的清水。宁波人腌菜多是把菜洗净，塞入坛内，撒上盐，倒入水，让它浸着。这样做法，在一礼拜至两月中咸菜的味道确是极其鲜嫩，但日子久了，它就要慢慢地腐败，腐败得臭不堪闻，而至于坛中拥浮着无数的虫。然而宁波人到了这时不但不肯弃掉，反而比才腌的更喜欢吃了。有许多乡下人家的陈咸菜一直吃到新咸菜可吃时还有。这原因除了省钱之外，还有一个原因是越臭越好吃。还有一种为宁波人所最喜欢吃的是所谓"臭苋菜股"。这是用苋菜的干腌菜似的做成的。它比咸菜容易腐败，其臭气也比咸菜来得厉害。他们常常把这种已臭的汤倒一点到未臭的咸菜里去，使这未臭的咸菜也赶快地臭起来。有时煮什么菜，他们也加上一两碗臭汤。有的人闻到了邻居的臭汤气，心里就非常地神往；若是在谁家讨得了一碗，便千谢万谢，如得到了宝贝一般。我在北方住久了，不常吃鱼，去年回到家里一闻到鱼的腥气就要呕吐，唯几年没有吃臭咸菜和臭苋菜股，见了却还一如从前那么的喜欢。在我觉得这种臭气中分明有比芝兰还香的气息，有比肥肉鲜鱼还美的味道。然而和外省人谈话中偶尔提及，他们就要掩鼻而走了，仿佛这臭食物不是人类所该吃的一般。

原载一九二五年八月十日《东方杂志》第二十二卷
第十五期

# 清宫饮食回顾[1]

溥 仪

耗费人力、物力、财力最大的排场，莫过于吃饭。关于皇帝吃饭，另有一套术语，是绝对不准别人说错的。饭不叫饭而叫"膳"，吃饭叫"进膳"，开饭叫"传膳"，厨房叫"御膳房"。到了吃饭的时间——并无固定时间，完全由皇帝自己决定——我吩咐一声："传膳！"跟前的御前小太监便照样向守在养心殿的明殿上的殿上太监说一声："传膳！"殿上太监又把这话传给鹄立在养

---

[1] 本文节选自《我的前半生》，标题为编者加。

心殿门外的太监,他再传给候在西长街的御膳房太监……这样一直传进了御膳房里面。不等回声消失,一个犹如过嫁妆的行列已经走出了御膳房。这是由几十名穿戴齐整的太监们组成的队伍,抬着大小七张膳桌,捧着几十个绘有金龙的朱漆盒,浩浩荡荡地直奔养心殿而来。进到明殿里,由套上白袖头的小太监接过,在东暖阁摆好。平日菜肴两桌,冬天另设一桌火锅,此外有各种点心、米膳、粥品三桌,咸菜一小桌。食具是绘着龙纹和写着"万寿无疆"字样的明黄色的瓷器,冬天则是银器,下托以盛有热水的瓷罐。每个菜碟或菜碗都有一个银牌,这是为了戒备下毒而设的,并且为了同样原因,菜送来之前都要经过一个太监尝过,叫做"尝膳"。在这些尝过的东西摆好之后,我入座之前,一个小太监叫了一声:"打碗盖!"其余四五个小太监便动手把每个菜上的银盖取下,放到一个大盒子里拿走。于是我就开始"用膳"了。

所谓食前方丈都是些什么东西呢?隆裕太后每餐的菜肴有百样左右,要用六张膳桌陈放,这是她从慈禧那里继承下来的排场,我的比她少,按例也有三十种上下。我现在找到了一份"宣统四年二月糙卷单"(即民国元年三月的一份菜单草稿),上面记载的一次"早膳"(按:宫中只吃两餐:"早膳"即午饭。

早晨或午后有时吃一顿点心)的内容如下:

口磨肥鸡一品

三鲜鸭子一品

五绺鸡丝一品

炖肉一品

炖肚肺一品

肉片炖白菜一品

黄焖羊肉一品

羊肉炖菠菜豆腐一品

樱桃肉山药一品

驴肉炖白菜一品

羊肉片氽小萝卜一品

鸭条熘海参二品

鸭丁熘葛仙米一品

烧慈姑一品

肉片焖玉兰片一品

羊肉丝焖跑跶丝一品

炸春卷一品

黄韭菜炒肉一品

熏肘花小肚一品

卤煮豆腐一品

熏干丝一品

烹掐菜一品

花椒油炒白菜丝一品

五香干一品

祭神肉片汤一品

白煮塞勒一品

烹白肉一品

　　这些菜肴经过种种手续摆上来之后，除了表示排场之外，并无任何用处。它之所以能够在一声传膳之下，迅速摆在桌子上，是因为御膳房早在半天或一天前就已做好，煨在火上等候着的。他们也知道，反正从光绪起，皇帝并不靠这些早已过了火候的东西充饥。我每餐实际吃的是太后送的菜肴，太后死后由四位太妃接着送。因为太后和太妃们都有各自的膳房，而且用的都是高级厨师，做的菜肴味美可口，每餐总有二十来样。这是放在我面前的菜，御膳房做的都远远摆在一边，不过做个样子而已。

太妃们为了表示对我的疼爱和关心,除了每餐送菜之外,还规定在我每餐之后,要有一名领班太监去禀报一次我的进膳情况。这同样是公式文章。不管我吃了什么,领班太监到了太妃那里双膝跪倒,说的总是这一套:

奴才禀老主子:万岁爷进了一碗老米膳(或者白米膳),一个馒头(或者一个烧饼)和一碗粥。进得香!

每逢年节或太妃的生日(这叫做"千秋"),为了表示应有的孝顺,我的膳房也要做出一批菜肴送给太妃。这些菜肴可用这四句话给以鉴定:华而不实,费而不惠,营而不养,淡而无味。

这种吃法,一个月要花多少钱呢?我找到了一本《宣统二年九月初一至三十日内外膳房及各等处每日分例肉斤鸡鸭清册》,那上面的记载如下:

皇上前分例菜肉二十二斤计三十日分例共六百六十斤
汤肉五斤　共一百五十斤

猪油一斤　共三十斤

肥鸡二只　共六十只

肥鸭三只　共九十只

菜鸡三只　共九十只

下面还有太后和几位妃的分例，为省目力，现在把它并成一个统计表，（皆全月分例）如下：

| 后妃名 | 肉/斤 | 鸡/只 | 鸭/只 |
| --- | --- | --- | --- |
| 太　后 | 1860 | 30 | 30 |
| 瑾贵妃 | 285 | 7 | 7 |
| 瑜皇贵妃 | 360 | 15 | 15 |
| 珣皇贵妃 | 360 | 15 | 15 |
| 瑨贵妃 | 285 | 7 | 7 |
| 合　计 | 3150 | 74 | 74 |

我这一家六口，总计一个月要用三千九百六十斤肉、三百八十八只鸡鸭，其中八百一十斤肉和二百四十只鸡鸭是我这五岁孩子用的。此外，宫中每天还有大批为这六口之家效劳的军机大臣、御前侍卫、师傅、翰林、画师、勾字匠、有身份的太监，以及每天来祭神的萨满等，也各有分例。连

我们六口之家共吃猪肉一万四千六百四十二斤，合计用银二千三百四十二两七钱二分。除此之外，每日还要添菜，添的比分例还要多得多。这个月添的肉是三万一千八百四十四斤、猪油八百十四斤、鸡鸭四千七百八十六只，连什么鱼虾蛋品，用银一万一千六百四十一两七分，加上杂费支出三百四十八两，连同分例一共是一万四千七百九十四两一钱九分。显而易见，这些银子除了贪污中饱之外，差不多全为了表示帝王之尊而糟蹋了。这还不算一年到头不断的点心、果品、糖食、饮料这些消耗。

# 二 大味至简

# 萝 卜

汪曾祺

杨花萝卜即北京的小水萝卜。因为是杨花飞舞时上市卖的,我的家乡名之曰"杨花萝卜"。这个名称很富于季节感。我家不远的街口一家茶食店的屋下有一个岁数大的女人摆一个小摊子,卖供孩子食用的便宜的零吃。杨花萝卜下来的时候,卖萝卜。萝卜一把一把地码着。她不时用炊帚洒一点水,萝卜总是鲜红的。给她一个铜板,她就用小刀切下三四根萝卜。萝卜极脆嫩,有甜味,富水分。自离家乡后,我没有吃过这样好吃的萝卜。或者不如说自我长大后没有吃过这样好吃的萝卜。小时候吃的东西都是最好吃的。

除了生嚼,杨花萝卜也能拌萝卜丝。萝卜斜切为薄片,再切为细丝,加酱油、醋、香油略拌,撒一点青蒜,极开胃。小孩子的顺口溜唱道:

> 人之初,
> 鼻涕拖;
> 油炒饭,
> 拌萝菠。①

油炒饭加一点葱花,在农村算是美食,所以拌萝卜丝一碟,吃起来是很香的。

萝卜丝与细切的海蜇皮同拌,在我的家乡是上酒席的,与香干拌荠菜、盐水虾、松花蛋同为凉碟。

北京的拍水萝卜也不错,但宜少入白糖。

北京人用水萝卜切片,氽羊肉汤,味鲜而清淡。

烧小萝卜,来北京前我没有吃过(我的家乡杨花萝卜没有

---

① 我的家乡称萝卜为萝菠。

熟吃的），很好。有一位台湾女作家来北京，要我亲自做一顿饭请她吃。我给她做了几个菜，其中一个是烧小萝卜。她吃了赞不绝口。那当然是不难吃的：那两天正是小萝卜最好的时候，都长足了，但还很嫩，不糠；而且我是用干贝烧的。她说台湾没有这种小萝卜。

我们家乡有一种穿心红萝卜，粗如黄酒盏，长可三四寸，外皮深紫红色，里面的肉有放射形的紫红纹，紫白相间，若是横切开来，正如中药里的槟榔片（卖时都是直切），当中一线贯通，色极深，故名穿心红。卖穿心红萝卜的挑担，与山芋（红薯）同卖，山芋切厚片。都是生吃。

紫萝卜不大，大的如一个大衣扣子，扁圆形，皮色乌紫。据说这是五倍子染的。看来不是本色，因为它掉色，吃了，嘴唇牙肉也是乌紫乌紫的。里面的肉却是嫩白的。这种萝卜非本地所产，产在泰州。每年秋末，就有泰州人来卖紫萝卜，都是女的，挎一个柳条篮子，沿街吆喝："紫萝——卜！"

我在淮安第一回吃到青萝卜。曾在淮安中学借读过一个学期，一到星期日，就买七八个青萝卜、一堆花生，几个同学，尽情吃一顿。后来我到天津吃过青萝卜，觉得淮安青萝卜比天津的好。大抵一种东西第一回吃，总是最好的。

天津吃萝卜是一种风气。五十年代初,我到天津,一个同学的父亲请我们到天华景听曲艺。座位之前有一溜长案,摆得满满的,除了茶壶茶碗,瓜子花生米碟子,还有几大盘切成薄片的青萝卜。听"玩意儿"吃萝卜,此风为别处所无。天津谚云:"吃了萝卜喝热茶,气得大夫满街爬。"吃萝卜喝茶,此风亦为别处所无。

心里美萝卜是北京特色。一九四八年冬天,我到了北京,街头巷尾,每听到吆喝:"哎——萝卜,赛梨来——辣来换……"声音高亮打远。看来在北京做小买卖的,都得有条好嗓子。卖"萝卜赛梨"的,萝卜都是一个一个挑选过的,用手指头一弹,当当的;一刀切下去,咔嚓嚓的响。

我在张家口沙岭子劳动,曾参加过收心里美萝卜。张家口土质于萝卜相宜,心里美皆甚大。收萝卜时是可以随便吃的。和我一起收萝卜的农业工人起出一个萝卜,看一看,不怎么样的,随手就扔进了大堆。一看,这个不错,往地上一扔,啪嚓,裂成了几瓣,"行!"于是各拿一块啃起来,甜、脆、多汁,难可名状。他们说:"吃萝卜,讲究吃'棒打萝卜'。"

张家口的白萝卜也很大。我参加过张家口地区农业展览会的布置工作,送展的白萝卜都特大。白萝卜有象牙白和露八分。

露八分即八分露出土面，露出土面部分外皮淡绿色。

我的家乡无此大白萝卜，只是粗如小儿臂而已。家乡吃萝卜只是红烧，或素烧，或与臀尖肉同烧。

江南人特重白萝卜炖汤，常与排骨或猪肉同炖。白萝卜耐久炖，久则出味。或入淡菜，味尤厚。沙汀《淘金记》写幺吵吵每天用牙巴骨炖白萝卜，吃得一家脸上都是油光光的。天天吃是不行的，隔几天吃一次，想亦不恶。

四川人用白萝卜炖牛肉，甚佳。

扬州人、广东人制萝卜丝饼，极妙。北京东华门大街曾有外地人制萝卜丝饼，生意极好。此人后来不见了。

北京人炒萝卜条，是家常下饭菜。或入酱炒，则为南方人所不喜。

白萝卜最能消食通气。我们在湖南体验生活，有位领导同志，接连五天大便不通，吃了各种药都不见效，憋得他难受得不行。后来生吃了几个大白萝卜，一下子畅通了。奇效如此，若非亲见，很难相信。

萝卜是腌制咸菜的重要原料。我们那里，几乎家家都要腌萝卜干。腌萝卜干的是红皮圆萝卜。切萝卜时全家大小一齐动手。孩子切萝卜，觉得这个一定很甜，尝一瓣，甜，就放在一边，自己吃。切一天萝卜，每个孩子肚子里都装了不少。萝卜干盐渍后须在芦席上摊晒，水气干后，入缸、压紧、封实，一两月后取食。我们那里说在商店学徒（学生意）要"吃三年萝卜干饭"，谓油水少也。学徒不到三年零一节，不满师，吃饭须自觉，筷子不能往荤菜盘里伸。

扬州一带酱园里卖萝卜头，乃甜面酱所腌，口感甚佳。孩子们爱吃，一半也因为它的形状很好玩，圆圆的，比一个鸽子蛋略大。此北地所无，天源、六必居都没有。

北京有小酱萝卜，佐粥甚佳。大腌萝卜咸得发苦，不好吃。

四川泡菜什么萝卜都可以泡，红萝卜、白萝卜。

湖南桑植卖泡萝卜。走几步，就有个卖泡萝卜的摊子。萝卜切成大片，泡在广口玻璃瓶里，给毛把钱即可得一片，边走边吃。峨眉山道边也有卖泡萝卜的，一面涂了一层稀酱。

萝卜原产中国，所以中国的为最好。有春萝卜、夏萝卜、秋萝卜、四季萝卜，一年到头都有。可生食、煮食、腌制。萝卜所惠于中国人者亦大矣。美国有小红萝卜，大如元宵，皮色鲜红可爱，吃起来则淡而无味，异域得此，聊胜于无。爱伦堡小说写几个艺术家吃奶油蘸萝卜，喝伏特加，不知是不是这种红萝卜。我在爱荷华南朝鲜人开的菜铺的仓库里看到一堆心里美,大喜。买回来一吃,味道满不对,形似而已。日本人爱吃萝卜,好像是煮熟蘸酱吃的。

原载《十月》一九九零年第三期

# 豆　腐

汪曾祺

豆腐点得比较老的，为北豆腐。听说张家口地区有一个堡里的豆腐能用秤钩钩起来，扛着秤杆走几十里路。这是豆腐么？点得较嫩的是南豆腐。再嫩即为豆腐脑。比豆腐脑稍老一点的，有北京的"老豆腐"和四川的豆花。比豆腐脑更嫩的是湖南的水豆腐。

豆腐压紧成型，是豆腐干。

卷在白布层中压成大张的薄片，是豆腐片。东北叫干豆腐。压得紧而且更薄的，南方叫百页或千张。

豆浆锅的表面凝结的一层薄皮撩起晾干，叫豆腐皮，或叫油皮。我的家乡则简单地叫做皮子。

豆腐最简便的吃法是拌。买回来就能拌。或入开水锅略烫，去豆腥气。不可久烫，久烫则豆腐收缩发硬。香椿拌豆腐是拌豆腐里的上上品。嫩香椿头，芽叶未舒，颜色紫赤，嗅之香气扑鼻，入开水稍烫，梗叶转为碧绿，捞出，糁以细盐，候冷，切为碎末，与豆腐同拌（以南豆腐为佳），下香油数滴。一箸入口，三春不忘。香椿头只卖得数日，过此则叶绿梗硬，香气大减。其次是小葱拌豆腐。北京有歇后语："小葱拌豆腐——一青二白。"可见这是北京人家家都吃的小菜。拌豆腐特宜小葱，小葱嫩，香。葱粗如指，以拌豆腐，滋味即减。我和林斤澜在武夷山，住一招待所。斤澜爱吃拌豆腐，招待所每餐皆上拌豆腐一大盘，但与豆腐同拌的是青蒜。青蒜炒回锅肉甚佳，以拌豆腐，配搭不当。北京人有用韭菜花、青椒糊拌豆腐的，这是侉吃法，南方人不敢领教。而南方人吃的松花蛋拌豆腐，北方人也觉得岂有此理。这是一道上海菜，我第一次吃到却是在香港的一家上海饭馆里，是吃阳澄湖大闸蟹之前的一道凉菜。北豆腐、松花蛋切成小骰子块，同拌，无姜汁蒜泥，只少放一点盐而已。好吃么？用上海话说：蛮崭格！用北方话说：

旱香瓜——另一个味儿。咸鸭蛋拌豆腐也是南方菜,但必须用敝乡所产"高邮咸蛋"。高邮咸蛋蛋黄色如朱砂,多油,和豆腐拌在一起,红白相间,只是颜色即可使人胃口大开。别处的咸鸭蛋,尤其是北方的,蛋黄色浅,又无油,却不中吃。

烧豆腐大体可分为两大类:用油煎过再加料烧的;不过油煎的。

北豆腐切成厚二分的长方块,热锅温油两面煎。油不必多,因豆腐不吃油。最好用平底锅煎。不要煎得太老,稍结薄壳,表面发皱,即可铲出,是名"虎皮"。用已备好的肥瘦各半熟猪肉,切大片,下锅略煸,加葱、姜、蒜、酱油、绵白糖,兑入原猪肉汤,将豆腐推入,加盖猛火煮二三开,即放小火咕嘟。约十五分钟,收汤,即可装盘。这就是"虎皮豆腐"。如加冬菇、虾米、辣椒及豆豉即是"家乡豆腐"。或加菌油,即是湖南有名的"菌油豆腐"——菌油豆腐也有不用油煎的。

"文思和尚豆腐"是清代扬州有名的素菜,好几本菜谱著录,但我在扬州一带的寺庙和素菜馆的菜单上都没有见到过。不知道文思和尚豆腐是过油煎了的,还是不过油煎的。我无端地觉得是油煎了的,而且无端地觉得是用黄豆芽吊汤,加了上好的口蘑或香、竹笋,用极好秋油,文火熬成。什么时候材料凑手，我将根据想象，试做一次文思和尚豆腐。我的文思和尚豆腐将是素菜荤做，放猪油，放虾籽。

虎皮豆腐切大片，不过油煎的烧豆腐则宜切块，六七分见方。北方小饭铺里肉末烧豆腐，是常备菜。肉末烧豆腐亦称家常豆腐。烧豆腐里的翘楚，是麻婆豆腐。相传有陈婆婆，脸上有几粒麻子，在乡场上摆一个饭摊，挑油的脚夫路过，常到她的饭摊上吃饭，陈婆婆把油桶底下剩的油刮下来，给他们烧豆腐。后来大人先生也特意来吃她烧的豆腐。于是麻婆豆腐名闻遐迩。陈麻婆是个值得纪念的人物，中国烹饪史上应为她大书一笔，因为麻婆豆腐确实很好吃。做麻婆豆腐的要领是：一要油多。二要用牛肉末。我曾做过多次麻婆豆腐，都不是那个味儿，后来才知道我用的是瘦猪肉末。牛肉末不能用猪肉末代替。三是要用郫县豆瓣。豆瓣须剁碎。四是要用文火，俟汤汁渐渐收入豆腐，才起锅。五是起锅时要撒一层川花椒末。一定得用川花椒，即名为"大红袍"者。用山西、河北花椒，味道即差。六是盛出就吃。如果正在喝酒说话，应该把说话的嘴腾出来。麻婆豆腐必须是：麻、辣、烫。

昆明最便宜的小饭铺里有小炒豆腐。猪肉末，肥瘦，豆腐捏碎，同炒，加酱油，起锅时下葱花。这道菜便宜，实惠，好吃。不加酱油而用盐，与番茄同炒，即为番茄炒豆腐。番茄须烫过，撕去皮，炒至成酱，番茄汁渗入豆腐，乃佳。

砂锅豆腐须有好汤，骨头汤或肉汤，小火炖，至豆腐起蜂窝，方好。砂锅鱼头豆腐，用花鲢（胖头鱼）头，劈为两半，下冬菇、扁尖（腌青笋）、海米，汤清而味厚，非海参鱼翅可及。

"汪豆腐"好像是我的家乡菜。豆腐切成指甲盖大的小薄片，推入虾子酱油汤中，滚几开，勾薄芡，盛大碗中，浇一勺熟猪油，即得。叫做"汪豆腐"，大概因为上面泛着一层油。用勺舀了吃。吃时要小心，不能性急，因为很烫。滚开的豆腐，上面又是滚开的油，吃急了会烫坏舌头。我的家乡人喜欢吃烫的东西，语云："一烫抵三鲜。"乡下人家来了客，大都做一个汪豆腐应急。周巷汪豆腐很有名。我没有到过周巷，周巷汪豆腐好，我想无非是虾子多、油多。近年高邮新出一道名菜：雪花豆腐，用盐，不用酱油。我想给家乡的厨师出个主意：加入蟹白（雄蟹白的油，即蟹的精子），这样雪花豆腐就更名贵了。

不知道为什么，北京的老豆腐现在见不着了，过去卖老豆腐的摊子是很多的。老豆腐其实并不老，老，也许是和豆腐脑相对而言。老豆腐的佐料很简单：芝麻酱、腌韭菜末。爱吃辣的浇一勺青椒糊。坐在街边摊头的矮脚长凳上，要一碗老豆腐，就半斤旋烙的大饼，夹一个薄脆，是一顿好饭。

四川的豆花是很妙的东西，我和几个作家到四川旅游，在乐山吃饭。几位作家都去了大馆子，我和林斤澜钻进一家只有穿草鞋的乡下人光顾的小店，一人要了一碗豆花。豆花只是一碗白汤，啥都没有。豆花用筷子夹出来，蘸"味碟"里的作料吃。味碟里主要是豆瓣。我和斤澜各吃了一碗热腾腾的白米饭，很美。豆花汤里或加切碎的青菜，则为"菜豆花"。北京的豆花庄的豆花乃以鸡汤煨成，过于讲究，不如乡坝头的豆花存其本味。

北京的豆腐脑过去浇羊肉口蘑渣熬成的卤。羊肉是好羊肉，口蘑渣是碎黑片蘑，还要加一勺蒜泥水。现在的卤，羊肉极少，不放口蘑，只是一锅稠糊糊的酱油黏汁而已。即便是过去浇卤的豆腐脑，我觉得也不如我们家乡的豆腐脑。我们那里的豆腐脑温在紫铜扁钵的锅里，用紫铜平勺盛在碗里，加秋油、滴醋、一点点麻油，小虾米、榨菜末、芹菜（药芹即水芹菜）末。清清爽爽，而多滋味。

中国豆腐的做法多矣，不胜记载。四川作家高缨请我们在乐山的山上吃过一次豆腐宴，豆腐十好几样，风味各别，不相雷同。特别是豆腐的质量极好。掌勺的老师傅从磨豆腐到烹制，都是亲自为之，绝不假手旁人。这一顿豆腐宴可称寰中一绝！

豆腐干南北皆有。北京的豆腐干比较有特点的是熏干。熏干切长片拌芹菜，很好。熏干的烟熏味和芹菜的芹菜香相得益彰。花干、苏州干是从南边传过来的，北京原先没有。北京的苏州干只是用味精取鲜，苏州的小豆腐干是用酱油、糖、冬菇汤煮出后晾得半干的，味长而耐嚼。从苏州上车，买两包小豆腐干，可以一直嚼到郑州。香干亦称茶干。我在小说《茶干》中有较细的描述：

……豆腐出净渣，装在一个小蒲包里，包口扎紧，入锅，码好，投料，加上好香油，上面用石头压实，文火煨煮，要煮很长时间。煮得了，再一块一块从蒲包里倒出来，这种茶干是圆形的，周围较厚、中间较薄，周身有蒲包压出来的细纹……这种茶干外皮是深紫色的，掰了，里面是浅褐色的。很结实，嚼起来很有咬劲，越嚼越香，是佐茶的妙品，所以，叫作"茶干"。

茶干原出界首镇，故称"界首茶干"。据说乾隆南巡，讨界首，曾经品尝过。

干丝是淮扬名菜。大方豆腐干，快刀横披为片，刀工好的师傅一块豆腐干能片十六片；再立刀切为细丝。这种豆腐干是特制的，极坚致，切丝不断，又绵软，易吸汤汁。旧本只有拌干丝。干丝入开水略煮，捞出后装高足浅碗，浇麻油酱醋。青蒜切寸段，略焯，五香花生米搓去皮，同拌，尤妙。煮干丝的兴起也就是五六十年的事。干丝母鸡汤煮，加开阳（大虾米）、火腿丝。我很留恋拌干丝，因为味道清爽，现在只能吃到煮干丝了。干丝本不是"菜"，只是吃包子、烧麦的茶馆里，在上点心之前喝茶时的闲食。现在则是全国各地淮扬菜系的饭馆里都预备了。我在北京常做煮干丝，成了我们家的保留节目。北京很少遇到大白豆腐干，只能用豆腐片或百页切丝代替。口感稍差，味道却不逊色，因为我的煮干丝里下了干贝。煮干丝没有什么诀窍，什么鲜东西都可往里搁。干丝上桌前要放细切的姜丝，要嫩姜。

臭豆腐是中国人的一大发明。我在上海、武汉都吃过。长沙火宫殿的臭豆腐毛泽东年轻时常去吃。后来回长沙，又特意去吃了一次，说了一句话："火宫殿的臭豆腐还是好吃。"这就成了"最高指示"，写在照壁上。火宫殿的臭豆腐遂成全国第一。油炸臭豆腐干，宜放辣椒酱、青蒜。南京夫子庙的臭豆腐干是小方块，用竹签像冰糖葫芦似的穿起来卖，一串八块。昆明的臭豆腐不用油炸，在炭火盆上搁一个铁篦子，臭豆腐干放在上面烤焦，别有风味。

在安徽屯溪吃过霉豆腐，长条豆腐，长了二寸长的白色的绒毛，在平底锅中煎熟，蘸酱油、辣椒、青蒜吃。凡到屯溪者，都要去尝尝。

豆腐乳各地都有。我在江西进贤参加土改，那里的农民家家都做腐乳。进贤原来很穷，没有什么菜吃，顿顿都用豆腐乳下饭。做豆腐乳，放大量辣椒面，还放柚子皮，味道非常强烈，广西桂林、四川忠县、云南路南所出豆腐乳都很有名，各有特点。腐乳肉是苏州松鹤楼的名菜，肉味浓醇，入口即化。广东点心很多都放豆腐乳，叫做"南乳××饼"。

南方人爱吃百页。百页结烧肉是宁波、上海人家常吃的菜。上海老城隍庙的小吃店里卖百页结：百页包一点肉馅，打成结，煮在汤里，要吃，随时盛一碗。一碗也就是四五只百页结。北方的百页缺韧性，打不成结，一打结就断。百页可入臭卤中腌臭，谓之"臭千张"。

杭州知味观有一道名菜：炸响铃。豆腐皮（如过干，要少润一点水），瘦肉剁成细馅，加葱花细姜末，入盐，把肉馅包在豆腐皮内，成一卷，用刀剁成寸许长的小段，下油锅炸得馅熟皮酥，即可捞出。油温不可太高，太高豆皮易煳。这菜嚼起来发脆响，形略似铃，故名响铃。做法其实并不复杂。肉剁极碎，成泥状（最好用刀背剁），平摊在豆腐皮上，折叠起来，如小钱包大，入油炸，亦佳。不入油炸，而以酱油冬菇汤煮，豆皮层中有汁，甚美。北京东安市场拐角处解放前有一家肉店宝华春，兼卖南味熟肉，卖一种酒菜：豆腐皮切细条，在酱肉汤中煮透，捞出，晾至微干，很好吃，不贵。现在宝华春已经没有了。豆腐皮可做汤。炖酥腰（猪腰炖汤）里放一点豆腐皮，则汤色雪白。

一九九二年六月二十五日

# 菠菜

梁实秋

我们常吃的菠菜，非我土产，唐太宗时来自西域。《唐会要》："太宗时尼波罗国献波棱菜，类红蓝，火熟之，能益食味。"菠菜不但可口，而且富含铁质。

前几年电视曾上映的卡通片《大力水手》，随身法宝便是一罐菠菜。吞下菠菜之后，他的细瘦的两臂立即肌肉突起，力大无穷，所向披靡。为什么形容菠菜有此奇效？原因是，美国的孩子们吃惯牛奶、牛肉、糖果，怕吃蔬菜。美国人又不善于烹制蔬菜，他们常吃的菠菜是冰冻的菠菜泥。

即使是新鲜菠菜，也要煮得稀巴烂。孩子们视菠菜如畏途。所以才有"大力水手"的出现，意在诱使孩子吃菠菜。我们吃菠菜，无论是煮是炒，都要半生半熟不失其脆。放在火锅里，一汆即可。凡是蔬菜都不宜烧得太熟。

在北方，到了菠菜旺季，家家都大量购买菠菜，往往一买就是半小车子。吃法很多，凉拌菠菜就很爽口，菠菜微煮，立即取出细切，俟凉浇上三合油，再加芝麻酱（稀释过的）及芥末。再则烩酸菠菜也是家常菜之一，菠菜下锅煮，半熟，投入一些猪肉丝，肉丝一变色就注入芡粉汁使之稠和，再加适量的醋，最后撒上胡椒粉；菠菜的颜色略变，不能保持原有的绿色，但是酸溜溜、辣兮兮，不失为一碗别具风味的汤菜。

顿顿吃菠菜，吃久了也腻。北平俗语，吃菠菜太多会把脑门儿吃绿！吃豆腐太多会把两腿吃软！这当然是笑话。菠菜可以晒干，储留过冬。做干菠菜都是拣大棵的去晒。做馅吃是很有味的，如同干扁豆角一样。

# 锅 巴

梁实秋

抗战时期后方餐馆有一道菜名为"轰炸东京",实在就是虾仁锅巴汤。侍者一手端着一大碗油炸锅巴,一手端着一小碗烩虾仁,锅巴放在桌上之后立即把烩虾仁浇上去,刺啦一声响,食客大悦,认为这一声响仿佛就是东京被轰炸了,心里一高兴,食欲顿开。有人说这个菜名取得无聊,取快一时,形同儿戏。也有人说,抗战时期一切都该与抗战有关,与抗战无关的东西也要加上与抗战有关的名义。这虾仁锅巴汤,命名为轰炸东京,可以提高士气,有什么不好?难道你不想轰炸东京吗？听说后来我们以德报怨结束抗战之后，还有人一度改"轰炸东京"为"轰炸莫斯科"呢。这且不谈。锅巴一定要炸得滚烫，烩虾仁要同时做好，趁热上桌。厨房和食桌不能距离太远，侍者不能迈方步，要争取时间，否则烩虾仁浇上去闷无声响，那就很泄气了，事实上泄气的场面较为常见。

锅巴，一称锅底饭。北人煮米半熟辄捞出置笼屉中蒸而食之，无所谓锅巴。南人率皆用锅煮米至熟为止，因此锅底有一层焦饭。焦饭特别香。《南史·潘综传》附《陈遗传》："宋初，吴郡人陈遗，少为郡吏，母好食锅底饭，遗在役，恒带一囊，每煮食，辄录其焦以奉母。"以焦饭奉母，人称为纯孝。锅巴本身确是别有滋味，不必油炸。现在店肆出售的锅巴乃大量制造，雪白的，炸得酥脆，包装起来当作一种零食点心，非复往昔之铛底饭了。

锅巴汤不一定要浇以烩虾仁，以我所知，口蘑锅巴汤味乃更胜一筹。所谓口蘑是指张家口一带出产的蘑菇，形状与味道和香蕈、冬菇不同。有人说，内蒙古人吃牛羊肉，剩下的汤汤水水泼在树根朽木之上，长出来的菌类便是口蘑，味道当然不同。但是也有人说，口蘑是牛马粪溺滋养出来的。果如后说，口蘑岂非类似北平俗语所谓的"狗尿苔"？我相信口蘑还是人工培植出来的,上什么肥料就不得而知了。口蘑有大有小,愈小味愈浓,顶小的一种号称口蘑丁,大小略如纽扣,细小齐整,上面还带着一层白霜,美观极了。抗战前夕,平绥路局长以专车邀我们几个学界的朋友(有顾毓琇、吴景超夫妇、庄前鼎、杨伯屏)游大同云冈,归途经张家口小停,我以三十余元买了半斤上好的道地的口蘑丁,那时候三十余元就是小学教师一月的薪给。蘑菇丁很容易发开,用以制口蘑锅巴汤或打卤做汤面都是无上妙品。

时下常吃到的虾仁锅巴汤,往往锅巴不够脆,虾仁复加大量番茄酱,稠糊糊的一大碗,根本不像是汤,样子恶劣。此地无口蘑,从外国来的朋友偶尔带一包口蘑相赠,相当珍贵,但还不是口蘑丁,而且附带着的细沙,洗十次八次也洗不干净,吃到嘴里牙碜,味道也不够浓厚。

# 饺 子

梁实秋

"好吃不过饺子,舒服不过倒着"。这是北方乡下的一句俗语。北平城里的人不说这句话。因为北平人过去不说饺子,都说"煮饽饽",这也许是满洲语。我到了十四岁才知道煮饽饽就是饺子。

北方人,不论贵贱,都以饺子为美食。钟鸣鼎食之家有的是人力财力,吃顿饺子不算一回事。小康之家吃顿饺子要动员全家老少,和面、擀皮、剁馅、包捏、煮,忙成一团,然而亦趣在其中。年终吃饺子是天经地义,有人胃口特强,能从初一到十五顿顿饺子，乐此不疲。当然连吃两顿就告饶的也不是没有。至于在乡下，吃顿饺子不易，也许要在姑奶奶回娘家时候才能有此豪举。

饺子的成色不同，我吃过最低级的饺子。抗战期间有一年除夕我在陕西宝鸡，餐馆过年全不营业，我踯躅街头，遥见铁路旁边有一草棚，灯火荧然，热气直冒，乃趋就之，竟是一间饺子馆。我叫了二十个韭菜馅饺子，店主还抓了一把带皮的蒜瓣给我，外加一碗热汤。我吃得一头大汗，十分满足。

我也吃过顶精致的一顿饺子。在青岛顺兴楼宴会，最后上了一钵水饺，饺子奇小，长仅寸许，馅子却是黄鱼韭黄，汤是清澈而浓的鸡汤，表面上还漂着少许鸡油。大家已经酒足菜饱，禁不住诱惑，还是给吃得精光，连连叫好。

做饺子第一面皮要好。店肆现成的饺子皮，碱太多，煮出来滑溜溜的，咬起来韧性不足。所以一定要自己和面，软硬合度，而且要多醒一阵子。盖上一块湿布，防干裂。擀皮子不难，久练即熟，中心稍厚，边缘稍薄。包的时候一定要用手指捏紧。有些店里伙计包饺子，用拳头一握就是一个，快则快矣，煮出来一个个的面疙瘩，一无是处。

饺子馅各随所好。有人爱吃荞菜，有人怕吃茴香。有人要薄皮大馅,最好是一兜儿肉,有人愿意多羼青菜(有一位太太应邀吃饺子,咬了一口大叫,主人以为她必是吃到了苍蝇、蟑螂什么的,她说:"怎么,这里面全是菜!"主人大窘)。有人以为猪肉冬瓜馅最好,有人认定羊肉白菜馅为正宗。韭菜馅有人说香,有人说臭,天下之口并不一定同嗜。

冷冻饺子是不得已而为之,还是新鲜的好。据说新发明了一种制造饺子的机器,一贯作业,整洁迅速,我尚未见过。我想最好的饺子机器应该是——人。

吃剩下的饺子,冷藏起来,第二天油锅里一炸,炸得焦黄,好吃。

# 萝卜与白薯

周作人

中国人吃的菜蔬的种类，在世界上大概可以算是最多的了，历史长固然是一个原因，但古人所吃的有许多东西，如蘋藻薇蕨，现今小菜场上都已不见，而古无今有的另外添进去了不少。大抵重要的原因还是在于中国的烹调法的特殊，各式的植物茎叶他都可以煮了放在碗里，用筷子夹了吃，这用在西洋料理上往往是没办法办的。

这些菜蔬中间，我觉得顶有意思的是萝卜与白薯。这两样东西都是大块头，不但是吃起来便利，而且也实在有用场。明人王象晋称萝卜可生可熟，可菹可齑，可酱可豉，可醋可糖，可腊，乃蔬之最有益者。徐玄扈说甘薯有十二胜，话太长了，简约起来可以说是易种，多收，味甘，生熟可食，可干藏，可酿酒。具体地说，我最爱的和尚吃的那种大块萝卜炖豆腐，其次是乡间戏台下的萝卜丝饼以及南京腌萝卜鲞。至于白薯自然煮的烤的都好，但是我记得那玉米面糊里加红番薯，那是台州老百姓通年吃了借以活命的东西，小时候跟了台州的女用人吃过多少回，觉得至今不能忘却。

希望将来人人可以吃到猪排、牛排和白面包，自然是很好，我们要去努力，可是在这时候能吃苦也极重要，我想假使天天能够吃饱玉米面和白薯，加上萝卜鲞几片，已经很可满足，而一天里所要做的事只是看看书，把思想搞通点，写篇小文章，反省一下，觉得真如东坡在临皋亭所说，惭愧惭愧。

# 略谈腐乳

周作人

从前我写过一篇《华侨与绍兴人》的文章，说绍兴人到处乱钻，引过《越谚》里两句谚语为证，其一云："麻雀豆腐绍兴人。"原本有注云："此三者不论异域殊方皆有。"其二云："长江无六月。"原注云："越人皆有四方之志，不敢偷安家居，无六月者言其通气风凉，虽暑天亦可长征也。"绍兴人做酒，卖给普天下的客官喝，我想这是他们遍处钻的第一理由，有如徽州朝奉的带了茶叶走遍天下一样。绍兴人于做酒之外还会造酱，北方一带的酱园都说是由绍兴分设的，其他酱豆腐、糟豆腐及臭霉豆腐等。还有霉干菜，虽然绍兴人只叫干菜，不加霉字，其起源的地方也是绍兴，大概当初这些东西也由他们专卖的，那么影响之大盖可想而知了。

现在我们只来说关于酱豆腐类的事情。绍兴只称红霉豆腐、臭霉豆腐，其小者名棋子霉豆腐，术语则曰棋方，臭霉豆腐曰青方，红者不闻有什么名号。关于名称的争执，这虽然有点像阿Q，其实北京话的酱豆腐是不很妥当的，因为望文生义地看去，很像是说酱汁煮豆腐，不如说红霉豆腐的更得要领。但是一地的方言，而且文句太累赘，所以未能适用。现在通用的还是一种通俗的文言，称之曰乳腐，民间也叫作腐乳，查《国语辞典》也是二者兼收。他的出典查乾隆时顾张思的《土风录》卷五，引《唐国史补》说，穆氏兄弟四人赞、质、员、赏，时以赏为乳腐，言最凡固也。乳腐字见此。意思虽是不很明了，但可见由来已久，自唐宋以来已有此语了。

乳腐出自豆腐，豆腐虽然也是很平凡的东西，但是他的本性很是随和，可贵可贱的，所以一般穷人也都吃得。一面也有那做过宰相的人所供应的一品豆腐，里边百珍俱备，为文人们所津津乐道的。但是乳腐可是无论怎样总是上不得台盘的了。我们在北京大小饭馆里吃饭，不记得有过在吃稀饭的时候，去要过一碟乳腐来过,若是要时恐怕堂倌也只报以轻蔑的一笑,说我们这里没有这个东西吧。

其实乳腐这一类东西本来只是穷人们所吃的,因为咸的东西很是"杀饭",也写作"煞饭",言其只用一点便可以送下许多饭去,所以乡民的副食物如霉豆腐,以及自制的干菜咸菜、霉苋菜梗、霉千张(普通话叫百叶)和市售的勒鲞淮蟹,尤个极咸,这就是所谓食贫的滋味吧。咸菜到了明年秋后,渐由酸而变臭,称为臭咸菜,尤极珍重。苋菜梗粗壮者切段,腌藏发霉,极叫卜饭,俗称"敲饭椰心",椰心即椰头,木椎安横柄,苋菜梗形似之,故有此名,亦可以见老百姓诙谐的一斑。上边所说的情形只限于钱塘江东边,若是西边那是杭苏一带,人民生活自昔称为繁华,口味亦更为和淡,且多加甜味,此亦是生活舒适之一证。我因为从小习惯,对于故乡一切霉的臭的食物都很喜欢,无奈路远不能致。北京也有臭豆腐,其原始或亦来自绍兴,但暑期中因怕生虫,暂时停制,这是很可惜的,其实在暑伏中吃白粥配以臭霉豆腐,乃是极妙的消暑法也。

# 三 寻味八方

# 五　味

汪曾祺

山西人真能吃醋！几个山西人在北京下饭馆，坐定之后，还没有点菜，先把醋瓶子拿过来，每人喝了三调羹醋。邻座的客人直瞪眼。有一年我到太原去，快过春节了。别处过春节，都供应一点好酒，太原的油盐店却都贴出一个条子："供应老陈醋，每户一斤。"这在山西人是大事。

山西人还爱吃酸菜，雁北尤甚。什么都拿来酸，除了萝卜、白菜，还包括杨树叶子、榆树钱儿。有人来给姑娘说亲，当妈的先问，那家有几口酸菜缸。酸菜缸多，说明家底子厚。

辽宁人爱吃酸菜白肉火锅。

北京人吃羊肉酸菜汤下杂面。

福建人、广西人爱吃酸笋。我和贾平凹在南宁,不爱吃招待所的饭,到外面瞎吃。平凹一进门,就叫:"老友面!""老友面"者,酸笋肉丝氽汤下面也,不知道为什么叫做"老友"。

傣族人也爱吃酸。酸笋炖鸡是名菜。

延庆山里夏天爱吃酸饭。把好好的饭焐酸了,用井拔凉水一和,呼呼地就下去了三碗。

都说苏州菜甜,其实苏州菜只是淡,真正甜的是无锡。无锡炒鳝糊放那么多糖!包子的肉馅里也放很多糖,没法吃!

四川夹沙肉用大片肥猪肉夹了洗沙蒸,广西芋头扣肉用大片肥猪肉夹芋泥蒸,都极甜,很好吃,但我最多只能吃两片。

广东人爱吃甜食。昆明金碧路有一家广东人开的甜品店,卖芝麻糊、绿豆沙,广东同学趋之若鹜。"番薯糖水"即用白薯切块熬的汤,这有什么好喝的呢?广东同学曰:"好嘢!"

北方人不是不爱吃甜,只是过去糖难得。我家曾有老保姆,正定乡下人,六十多岁了。她还有个婆婆,八十几了。她有一次要回乡探亲,临行称了二斤白糖,说她的婆婆就爱喝个白糖水。

北京人很保守，过去不知苦瓜为何物，近年有人学会吃了。菜农也有种的了。农贸市场上有很好的苦瓜卖，属于"细菜"，价颇昂。

北京人过去不吃蕹菜，不吃木耳菜，近年也有人爱吃了。

北京人在口味上开放了！

北京人过去就知道吃大白菜。由此可见，大白菜主义是可以被打倒的。

北方人初春吃苣荬菜。苣荬菜分甜荬、苦荬，苦荬相当的苦。

有一个贵州的年轻女演员上我们剧团学戏，她的妈妈不远迢迢给她寄来一包东西，是"择耳根"，或名"则尔根"，即鱼腥草。她让我尝了几根。这是什么东西？苦，倒不要紧，它有一股强烈的生鱼腥味，实在招架不了！

剧团有一干部，是写字幕的，有时也管杂务。此人是个吃辣的专家。他每天中午吃饭不吃菜，吃辣椒下饭。全国各地的，少数民族的，各种辣椒，他都千方百计地弄来吃。剧团到上海演出，他帮助搞伙食，这下好，不会缺辣椒吃。原以为上海辣椒不好买，他下车第二天就找到一家专卖各种辣椒的铺子。上海人有一些是能吃辣的。

我的吃辣是在昆明练出来的，曾跟几个贵州同学在一起用青辣椒在火上烧烧，蘸盐水下酒。平生所吃辣椒之多矣，什么朝天椒、野山椒，都不在话下。我吃过最辣的辣椒是在越南。一九四七年，由越南转道往上海，在海防街头吃牛肉粉。牛肉极嫩，汤极鲜，辣椒极辣，一碗汤粉，放三四丝辣椒就辣得不行。这种辣椒的颜色是橘黄色的。在川北，听说有一种辣椒本身不能吃，用一根线吊在灶上，汤做得了，把辣椒在汤里涮涮，就辣得不得了。云南佤族有一种辣椒，叫"涮涮辣"，与川北吊在灶上的辣椒大概不相上下。

四川不能说是最能吃辣的省份，川菜的特点是辣而且麻——搁很多花椒。四川的小面馆的墙壁上黑漆大书三个字：麻辣烫。麻婆豆腐、干煸牛肉丝、棒棒鸡，不放花椒不行。花椒得是川椒，捣碎，菜做好了，最后再放。

周作人说他的家乡整年吃咸极了的咸菜和咸极了的咸鱼。浙东人确是吃得很咸。有个同学，是台州人，到铺子里吃包子，掰开包子就往里倒酱油。口味的咸淡和地域是有关系的。北京人说南甜北咸东辣西酸，大体不错。河北、东北人口重，福建菜多很淡。但这与个人的性格习惯也有关。湖北菜并不咸，但闻一多先生却嫌云南蒙自的菜太淡。

中国人过去对吃盐很讲究，如桃花盐、水晶盐，"吴盐胜雪"，现在则全国都吃再制精盐。只有四川人腌咸菜还坚持用自贡产的井盐。

我不知道世界上还有什么国家的人爱吃臭。

过去上海、南京、汉口都卖油炸臭豆腐干。长沙火宫殿的臭豆腐因为一个大人物年轻时常吃而出了名。这位大人物后来还去吃过，说了一句话："火宫殿的臭豆腐还是好吃。""文化大革命"中，火宫殿的影壁上就出现了两行大字：

最高指示：
火宫殿的臭豆腐还是好吃。

我们一个同志到南京出差，他的爱人是南京人，嘱咐他带一点臭豆腐干回来。他千方百计，居然办到了。带到火车上，引起一车厢的人强烈抗议。

除豆腐干外，面筋、百叶（千张）皆可臭。蔬菜里的莴苣、冬瓜、豇豆皆可臭。冬笋的老根咬不动，切下来随手就扔进臭坛子里。——我们那里很多人家都有个臭坛子，一坛子"臭卤"。腌芥菜挤下的汁放几天即成"臭卤"。臭物中最特殊的是臭苋菜秆。苋菜长老了，主茎可粗如拇指，高三四尺，截成二寸许小段，入臭坛。臭熟后，外皮是硬的，里面的芯成果冻状。嚼住一头，一吸，芯肉即入口中。这是佐粥的无上妙品。我们那里叫做"苋菜秸子"，湖南人谓之"苋菜咕"，因为吸起来"咕"的一声。

北京人说的臭豆腐指臭豆腐乳。过去是小贩沿街叫卖的："臭豆腐，酱豆腐，王致和的臭豆腐。"臭豆腐就贴饼子，熬一锅虾米皮白菜汤，好饭！现在王致和的臭豆腐用很大的玻璃方瓶装，很不方便，一瓶一百块，得很长时间才能吃完，而且卖得很贵，成了奢侈品。我很希望这种包装能改进，一器装五块足矣。

我在美国吃过最臭的"气死"（干酪），洋人多闻之掩鼻，对我说起来实在没有什么，比臭豆腐差远了。

甚矣，中国人口味之杂也，敢说堪为世界之冠。

原载《中国作家》一九九零年第四期

# 手把肉

汪曾祺

内蒙古人从小吃惯羊肉,几天吃不上羊肉就会想得慌。蒙古族舞蹈家斯琴高娃(蒙古族女的叫斯琴高娃的很多,跟那仁花一样的普遍)到北京来,带着她的女儿。她的女儿对北京的饭菜吃不惯。我们请她在晋阳饭庄吃饭,这小姑娘对红烧海参、脆皮鱼……统统不感兴趣。我问她想吃什么,"羊肉!"我把服务员叫来,问他们这儿有没有羊肉,说只有酱羊肉。"酱羊肉也行,咸不咸?""不咸。"端上来,是一盘羊腱子。小姑娘白嘴把一盘羊腱子都吃了。问她:"好吃不好吃？""好吃！"她妈说："这孩子！真是内蒙古人！她到北京几天，头一回说'好吃'。"

内蒙古人非常好客，有人骑马在草原上漫游，什么也不带，只背了一条羊腿。日落黄昏，看见一个蒙古包，下马投宿。主人把他的羊腿解下来，随即杀羊。吃饱了，喝足了，和主人一家同宿在蒙古包里，酣然一觉。第二天主人送客上路，给他换了一条新的羊腿背上。这人在草原上走了一大圈，回家的时候还是背了一条羊腿，不过已经不知道换了多少次了。

"四人帮"肆虐时期，我们奉江青之命，写一个剧本，搜集材料，曾经四下内蒙古。我在内蒙古学会了两句蒙古话。蒙古族同志说，会说这两句话就饿不着。一句是"不达一的"——要吃的；一句是"莫哈一的"——要吃肉。"莫哈"泛指一切肉，特指羊肉。（元杂剧有一出很特别，汉话和蒙古话掺和在一起唱。其中有一句是"莫哈整斤吞"，意思是整斤地吃羊肉。）果然，我从伊克昭盟到呼伦贝尔大草原，走了不少地方，吃了多次手把肉。

八九月是草原最美的时候。经过一夏天的雨水，草都长好了，草原一片碧绿。阿格长好了，灰背青长好了，阿格和灰背青是牲口最爱吃的草。草原上的草在我们看起来都是草，牧民

083

却对每一种草都叫得出名字。草里有野葱、野韭菜（内蒙古人说他们那里的羊肉不膻，是因为羊吃野葱，自己把味解了）。到处开着五颜六色的花。羊这时也都上了膘了。

内蒙古的作家、干部爱在这时候下草原，体验生活，调查工作，也是为去"贴秋膘"。进了蒙古包，先喝奶茶。内蒙古的奶茶制法比较简单，不像西藏的酥油茶那样麻烦。只是用铁锅坐一锅水，水开后抓入一把茶叶，滚几滚，加牛奶，放一把盐，即得。我没有觉得有太大的特点，但喝惯了会上瘾的。（内蒙古人一天也离不开奶茶。很多人早起不吃东西，喝两碗奶茶就去放羊。）摆了一桌子奶食，奶皮子、奶油（是稀的）、奶渣子……还有月饼、桃酥。客人喝着奶茶，蒙古包外已经支起大锅，坐上水，杀羊了。内蒙古人杀羊真是神速，不是用刀子捅死的，是掐断羊的主动脉。羊挣扎都不挣扎，就死了。马上开膛剥皮，工具只有一把比水果刀略大一点的折刀。一会儿的工夫，羊皮就剥下来，抱到稍远处晒着去了。看看杀羊的现场，连一滴血都不溅出，草还是干干净净的。

"手把肉"即白水煮切成大块的羊肉。一手"把"着一大块肉，用一柄蒙古刀自己割了吃。内蒙古人用刀子割肉真有功夫。一块肉吃完了，骨头上连一根肉丝都不剩。有小孩子割剔得不净,妈妈就会说:"吃干净了,别像那干部似的!"干部吃肉,不像牧民细心,也可能不大会使刀子。牧民对奶、对肉都有一种近似宗教情绪似的敬重,正如汉族的农民对粮食一样,糟蹋了,是罪过。吃手把肉过去是不预备作料的,顶多放一碗盐水,蘸了吃。现在也有一点作料,酱油、韭菜花之类。因为是现杀、现煮、现吃,所以非常鲜嫩。在我一生中吃过的各种做法的羊肉中,我以为手把羊肉第一。如果要我给它一个评语,我将毫不犹豫地说:无与伦比!

吃肉,一般是要喝酒的。内蒙古人极爱喝酒,而且几乎每饮必醉。我在呼和浩特听一个土默特旗的汉族干部说"骆驼见了柳,蒙古人见了酒",意思就是走不动了——骆驼爱吃柳条。我以为这是一句现代俗话。偶读一本宋人笔记,见有"骆驼见柳,蒙古见酒"之说,可见宋代已有此谚语,已经流传几百年了。可惜我把这本笔记的书名忘了。宋朝的蒙古人喝的大概是武松喝的那种煮酒,不会是白酒——蒸馏酒。白酒是元朝的时候才从阿拉伯传进来的。

在达茂旗吃过一次"羊贝子",即煮全羊。整只羊放在大锅里煮。据说内蒙古人吃只煮三十分钟,因为我们是汉族,怕太生了不敢吃,多煮了十五分钟。整羊,剁去四蹄,趴在一个大铜盘里。羊头已经切下来,但仍放在脖子后面的腔子上,上桌后再搬走。吃羊贝子有规矩,先由主客下刀,切下两条脖子后面的肉(相当于北京人所说的"上脑"部位),交叉斜搭在肩背上,然后其他客人才动刀,各自选取自己爱吃的部位。羊贝子真是够嫩的,一刀切下去,会有血水滋出来。同去的编剧、导演,有的望而生畏,有的浅尝即止,鄙人则吃了个不亦乐乎。羊肉越嫩越好。内蒙古人认为煮久了的羊肉不好消化,诚然诚然。我吃了一肚子半生的羊肉,太平无事。

内蒙古人真能吃肉。海拉尔有两位书记到北京东来顺吃涮羊肉,两个人要了十四盘肉,服务员问:"你们吃得完吗?"一个书记说:"前几天我们在呼伦贝尔,五个人吃了一只羊!"

内蒙古人不是只会吃手把肉,他们也会各种吃法。呼和浩特的烧羊腿,烂、嫩、鲜、入味。我尤其喜欢吃清蒸羊肉。我在四子王旗一家不大的饭馆中吃过一次"拔丝羊尾"。我吃过拔丝山药、拔丝土豆、拔丝苹果、拔丝香蕉,从来没听说过羊尾可以拔丝。外面有一层薄薄的脆壳,咬破了,里面好像什么也没有,一包清水,羊尾油已经化了。这东西只宜供佛,人不能吃,因为太好吃了!

我在新疆唐巴拉牧场吃过哈萨克的手抓羊肉。做法与内蒙古的手把肉略似，也是大锅清水煮，但切的肉块较小，煮的时间稍长。肉熟后，下面条，然后装在大磁盘里端上来。下面是面，上面是肉。主人以刀把肉切成小块，客人以手抓肉及面同吃。吃之前，由一个孩子执铜壶注水于客人之手。客人手上浇水后不能向后甩，只能待其自干，否则即是对主人不敬。铜壶颈细而长，壶身镂花，有中亚风格。

原载《新苑》一九九三年第二、三期合刊

# 昆明菜

汪曾祺

我这篇东西是写给外地人看的,不是写给昆明人看的。和昆明人谈昆明菜,岂不成了笑话!其实不如说是写给我自己看的。我离开昆明整四十年了,对昆明菜一直不能忘。

昆明菜是有特点的。昆明菜——云南菜不属于中国的八大菜系。很多人以为昆明菜接近四川菜,其实并不一样。四川菜的特点是麻、辣。多数四川菜都要放郫县豆瓣、泡辣椒,而且放大量的花椒——必得是川椒。中国很多省的人都爱吃辣,如湖南、江西,但像四川人那样爱吃花椒的地方不多。重庆有很多小面馆，门面的白墙上多用黑漆涂写三个大字"麻、辣、烫"，老远的就看得见。昆明菜不像四川菜那样既辣且麻。大抵四川菜多浓厚强烈，而昆明菜则比较清淡纯和。四川菜调料复杂，昆明菜重本味。比较一下怪味鸡和汽锅鸡，便知二者区别所在。

## 汽锅鸡

中国人很会吃鸡。广东的盐焗鸡、四川的怪味鸡、常熟的叫花鸡、山东的炸八块、湖南的东安鸡、德州的扒鸡……如果全国各种做法的鸡来一次大奖赛，哪一种鸡该拿金牌？我以为应该是昆明的汽锅鸡。

是什么人想出了这种非常独特的吃法？估计起来，先得有汽锅，然后才有汽锅鸡。汽锅以建水所制者最佳。现在全国出陶器的地方都能造汽锅，如江苏的宜兴。但我觉得用别处出的汽锅蒸出来的鸡，都不如用建水汽锅做出的有味。这也许是我的偏见。汽锅既出在建水，那么，昆明的汽锅鸡也可能是从建水传来的吧？

原来在正义路近金碧路的路西有一家专卖汽锅鸡。这家不知有没有店号，进门处挂了一块匾，上书四个大字："培养正气。"因此大家就径称这家饭馆为"培养正气"。过去昆明人一说："今天我们培养一下正气。"听话的人就明白是去吃汽锅鸡。"培养正气"的鸡特别鲜嫩，而且屡试不爽。没有哪一次去吃了，会说："今天的鸡差点事！"所以能永远保持质量，据说他家用的鸡都是武定肥鸡。鸡瘦则肉柴，肥则无味。独武定鸡极肥而有味。揭盖之后：汤清如水，而鸡香扑鼻。

听说"培养正气"已经没有了。昆明饭馆里卖的汽锅鸡已经不是当年的味道，因为用的不是武定鸡，什么鸡都有。

恢复"培养正气"，重新选用武定鸡，该不是难事吧？

昆明的白斩鸡也极好。玉溪街卖馄饨的摊子的铜锅上搁一个细铁条箅子，上面都放两三只肥白的熟鸡。随要，即可切一小盘。昆明人管白斩鸡叫"凉鸡"。我们常常去吃，喝一点酒，因为是坐在一张长板凳上吃的，有一个同学为这种做法起了一个名目，叫"坐失（食）良（凉）机（鸡）"。玉溪街卖的鸡据说是玉溪鸡。

华山南路与武成路交界处从前有一家馆子叫"映时春"，做油淋鸡极佳。大块鸡生炸，十二寸的大盘，高高地堆了一盘。蘸花椒盐吃。二十几岁的小伙子，七八个人，人得三五块，顷刻瓷盘见底矣。如此吃鸡,平生一快。

昆明旧有卖爊鸡杂的,挎腰圆食盒,串街唤卖。鸡肫、鸡肝皆用篾条穿成一串,如北京的糖葫芦。鸡肠子盘紧如素鸡,买时旋切片。耐嚼,极有味,而价甚廉,为佐茶、下酒妙品。估计昆明这样的小吃已经没有了。曾与老昆明谈起,全似孟元老《东京梦华录》中所记了也。

## 火　腿

云南宣威火腿与浙江金华火腿齐名,难分高下。金华火腿知道的人多,有许多品级。比较著名的是"雪舫蒋腿"。更高级的,以竹叶熏成的,谓之"竹叶腿"。宣威火腿似没有这么多讲究,只是笼统地叫作火腿。火腿出在宣威,据说宣威家家腌制,而集中销售地则在昆明。正义路牌坊东侧原来有一家火腿庄,除了卖整只、零切的火腿,还卖火腿骨、火腿油。上海卖金华火腿的南货店有时卖"火腿脚爪",单卖火腿油,却没有听说过。火腿骨熬汤,火腿油炖豆腐,想来一定很好吃。

火腿作为提味的配料时多,单吃,似只有一种吃法,蒸熟了切片。从前有蜜炙火腿,不知好吃否。金华火腿按部位分油头、上腰、中腰，再以下便是脚爪。昆明人吃火腿特重小腿至肘棒的那一部分，谓之"金钱片腿"，因为切开作圆形，当中是精肉，周围是肥肉，带着一圈薄皮。大西门外有一家本地饭馆，不大，很不整洁，但是菜品不少，金钱片腿是必备的。因为赶马的马锅头最爱吃这道菜——这家饭馆的主要顾客是马锅头。马锅头兄弟一进门，别的菜还没有要，先叫："切一盘金钱片腿！"

一道昆明菜，不是以火腿为主料，但离开火腿却不成的，是"锅贴乌鱼"。这是东月楼的名菜。乃以乌鱼两片（乌鱼必活杀，鱼片须旋批），中夹兼肥带瘦的火腿一片，在平底铛上，以文火烙成，不加任何别的作料。鲜嫩香美，不可名状。

东月楼在护国路，是一家地道的昆明老馆子。除锅贴乌鱼外，尚有酱鸡腿，也极好。听说东月楼现在也没有了。

昆明吉庆祥的火腿月饼甚佳。今年中秋，北京运到一批，买来一尝，滋味犹似当年。

## 牛 肉

我一辈子没有吃过昆明那样好的牛肉。

昆明的牛肉馆的特别处是只卖牛肉一样——外带米饭、酒，不卖别的菜肴。这样的牛肉馆，据我所知，有三家。有一家在大西门外凤翥街，因为离西南联大很近，我们常去。我是由这家"学会"吃牛肉的。一家在小东门。而以小西门外马家牛肉馆为最大。楼上楼下，几十张桌子。牛肉馆的牛肉是分门别类地卖的。最常见的是汤片和冷片。白牛肉切薄片，浇滚烫的清汤，为汤片。冷片也是同样旋切的薄片，但整齐地码在盘子里，蘸甜酱油吃（甜酱油为昆明所特有）。汤片、冷片皆极酥软，而不散碎。听说切汤片、冷片的肉是整个一边牛蒸熟了的，我有点不相信：哪里有这样大的蒸笼，这样大的锅呢？但切片的牛肉确是很大的大块的。牛肉这样酥软，火候是要很足。有人告诉我，得蒸（或煮？）一整夜。其次是"红烧"。"红烧"不是别的地方加了酱油焖煮的红烧牛肉，也是清汤的，不过大概牛肉曾用红曲染过，故肉呈胭脂红色。"红烧"是切成小块的。这不用牛身上的"好"肉，如胸肉腿肉，带一些"筋头巴脑"，和汤、冷片相较，别是一种滋味。还有几种牛身上的特别部位，也分开卖。却都有代用的别名，不"会"吃的人听不懂，不知道这是什么东西。如牛肚叫"领肝"，牛舌叫"撩青"。很多地方卖舌头都讳言"舌"字，因为"舌"与"蚀"

同音。无锡陆稿荐卖猪舌改叫"赚头"。广东饭馆把牛舌叫"牛脷",其实本是"牛利",只是加了一个肉月偏旁,以示这是肉食。这都是反"蚀"之意而用之,讨个吉利。把舌头叫成"撩青",别处没有听说过。稍想一下,是有道理的。牛吃青草,都是用舌头撩进嘴里的。这一别称很形象,但是太费解了。牛肉馆还有牛大筋卖。我有一次同一个女同学去吃马家牛肉馆,她问我:"这是什么?"我实在不好回答。我在昆明吃过不少次牛大筋,只是因为它好吃,不是为了壮阳。"领肝""撩青""大筋"都是带汤的。牛肉馆不卖炒菜。上牛肉馆其实主要是来喝汤的——汤好。

昆明牛肉馆用的牛都是小黄牛,老牛、废牛是不用的。

吃一次牛肉馆是花不了多少钱的,比一般小饭馆便宜,也好吃,实惠。

马家牛肉馆常有人托一搪瓷茶盘来卖小菜,藠头、腌蒜、腌姜、糟辣椒……有七八样。两三分钱即可买一小碟,极开胃。

马家牛肉店不知还有没有?如果没有了,就太可惜了。

昆明还有牛干巴,乃将牛肉切成长条,腌制晾干。小饭馆有炒牛干巴卖。这东西据说生吃也行。马锅头上路,总要带牛干巴,用刀削成薄片,酒饭均宜。

## 蒸 菜

昆明尚食蒸菜。正义路原来有一家。蒸鸡、蒸骨、蒸肉。都放在直径不到半尺的小蒸笼中蒸熟。小笼层层相叠,几十笼为一摞,一口大蒸锅上蒸着好几摞。蒸菜都酥烂,蒸鸡连骨头都能嚼碎。蒸菜有衬底。别处蒸菜衬底多为红薯、洋芋、白萝卜,昆明蒸菜的衬底却是皂角仁。皂角仁我是认识的。我们那里的少女绣花,常用小瓷碟蒸十数个皂角仁,用来"光"绒,取其滑润,并增光泽。我没有想到这东西能吃,且好吃。样子也好看,莹洁如玉。这么多的蒸菜,得用多少皂角仁,得多少皂角才能剥出这样多的仁呢?玉溪街里有一家也卖蒸菜。这家所卖蒸菜中有一色 rang 小瓜:小南瓜,挖出瓤,塞入肉蒸熟,很别致。很多地方都有 rang 菜,rang 冬瓜、rang 茄子,都是塞肉蒸熟的菜。rang 不知道怎么写,一般字典查不到这个字。或写成"酿",则音义都不对。我们到北京后曾做过 rang 小瓜,终不似玉溪街的味道。大概这家因为是和许多其他蒸菜摆在一起蒸的,鸡、骨、肉的蒸气透入蒸小瓜的笼,故小瓜里的肉有瓜香,而包肉的瓜则带鲜味。单 rang 一瓜,不能腴美。

## 诸　菌

有朋友到昆明开会,我告诉他到昆明一定要吃吃菌子。他住在一旧交家里,把所有的菌子都吃了。回北京见到我,说:"真是好!"

鸡㙡为菌中之王。甬道街有一家专做鸡㙡的馆子。这家还卖苦菜汤,是熬在一口大锅里,非常便宜,好吃。外省人说昆明有三怪:姑娘叫老太,芥菜叫苦菜,还有一"怪"我不记得了。听昆明人说苦菜不是芥菜,别是一种。

前月有一直住在昆明的老同学来,说鸡㙡出在富民。有一次他们开会,从富民拉了一汽车鸡㙡来,吃得不亦乐乎。鸡㙡各处皆有,富民可能出得多一些。

青头菌、牛肝菌、干巴菌、鸡油菌,我在别的文章里已写过,不重复。昆明诸菌总宜鲜吃。鸡㙡可制成油鸡㙡,干巴菌可晾成干,可致远,然而风味减矣。

## 乳扇、乳饼

乳扇是晾干的奶皮子,乳饼即奶豆腐。这种奶制品我颇怀疑是元朝的蒙古兵传入云南的。然而内蒙古人的奶制品只是用来佐奶茶，云南则作为菜肴。这两样其实只能"吃着玩"，不下饭的。

## 炒鸡蛋

炒鸡蛋天下皆有。昆明的炒鸡蛋特泡。一颠翻面，两颠出锅，动锅不动铲。趁热上桌，鲜亮喷香，逗人食欲。

番茄炒鸡蛋，番茄炒至断生，仍有清香，不疲软，鸡蛋成大块，不发死。番茄与鸡蛋相杂，颜色仍分明，不像北方的西红柿炒鸡蛋，炒得"一塌糊涂"。

映时春有雪花蛋，乃以鸡蛋清、温熟猪油于小火上，不住地搅拌，猪油与蛋清相入，油蛋交融。嫩如鱼脑，洁白而有亮光。入口即已到喉，齿舌都来不及辨别是何滋味，真是一绝。另有桂花蛋，则以蛋黄以同法制成。雪花蛋、桂花蛋上都撒了一层瘦火腿末，但不宜多，多则掩盖鸡蛋香味。鸡蛋这样的做法，他处未见。我在北京曾用此法做一盘菜待客，吹牛说"这是昆明做法"。客人尝后，连说："不错！不错！"且到处宣传。其实我做出的既不是雪花蛋，也不是桂花蛋，简直有点像山东的"假螃蟹"了!

## 炒青菜

袁子才《随园食单》指出:炒青菜须用荤油,炒荤菜当用素油,很有道理。昆明炒青菜都用猪油。昆明的青菜炒得好,因为:菜新鲜,油多,火爆,慎用酱油,起锅时一般不烹水或烹水极少,不盖锅(饭馆里炒青菜多不盖锅),或盖锅时间至短。这样炒出来的青菜不失菜味,且不变色,视之犹如从园中初摘出来的一样。

菜花昆明叫椰花菜。北京炒菜花先以水焯过,再炒。这样就不如干脆加水煮成奶油菜花汤了。昆明炒椰花菜皆生炒,脆而不梗,干干净净。如加火腿,尤妙。

炒苞谷只有昆明有。每年北京嫩玉米上市时,我都买一些回来抠出玉米粒加瘦肉末炒了吃。有亲戚朋友来,觉得很奇怪:"玉米能做菜?"尝了两筷子,都说"好吃"。炒苞谷做法简单,在北京的一个很小的范围内已经推广。有一个西南联大的校友请几个老同学上家里聚一聚,特别声明:"今天有一道昆明菜!"端上来,是炒苞谷。苞谷既老,放了太多的肉,大量酱油，还加了很多水咕嘟了！我跟他说："你这样的炒苞谷，能把昆明人气死。"

临离昆明前我和朱德熙在一家饭馆里吃了一盘肉炒菠菜，当时叫绝，至今不忘。菠菜极嫩（北京人爱吃长成小树一样的菠菜，真不可解），油极大，火甚匀，味极鲜。炒菠菜要尽量少动铲子。频频翻锅，菠菜就会发黑，且有涩味。

### 黑芥·韭菜花·茄子酢

昆明谓黑大头菜为黑芥。袁子才以为大头菜偏宜肉炒，很对。大头菜得肉，香味才能发出。我们有时几个人在昆明饭馆里吃饭，一看菜不够了，就赶紧添叫一盘黑芥炒肉。一则这个菜来得快；二则极下饭，且经吃。

韭菜花出曲靖。名为韭菜花，其实主料是切得极细晾干的萝卜丝。这是中国咸菜里的"神品"。这一味小菜按说不用多少成本，但价钱却颇贵，想是因为腌制很费工。昆明人家也有自己腌韭菜花的。这种韭菜花和北京吃涮羊肉作调料的韭菜花不是一回事，北京人万勿误会。

茄子酢是茄子切细丝，风干，封缸，发酵而成。我很怀疑这属于古代的菹。菹，郭沫若以为可能是泡菜。《说文解字》"菹"字下注云："酢菜也。"我觉得可能就是茄子酢一类的东西。中国以酢为名的小菜别处也有，湖南有"酢辣子"。古书里凡从酉的字都跟酒有点关系。茄子酢和酢辣子都是经过酒化了的，吃起来带酒香。

原载《滇池》一九八七年第一期

# 饮食男女在福州

郁达夫

福州的食品,向来就很为外省人所赏识。前十余年在北平,说起私家的厨子,我们总同声一致地赞成刘崧生先生和林宗孟先生家里的蔬菜的可口。当时宣武门外的忠信堂正在流行,而这忠信堂的主人,就系旧日刘家的厨子,曾经做过清室的御厨房的。上海的小有天以及现在早已歇业了的消闲别墅,在粤菜还没有征服上海之先,也曾盛行过一时。面食里的伊府面,听说还是汀州伊墨卿太守的创作。太守住扬州日久,与袁子才也时相往来,可惜他没有像随园老人那么的好事,留下一本食谱来，教给我们以烹调之法。否则，这一个福建萨伐郎（Savarin）的荣誉，也早就可以驰名海外了。

福建菜之所以会这样著名，而实际上却也实在是丰盛不过的原因，第一，当然是由于天然物产的富足。福建全省，东南并海，西北多山，所以山珍海味，一例的都贱如泥沙。听说沿海的居民，不必忧虑饥饿，大海潮回，只消上海滨去走走，就可以拾一篮海货来充作食品。又加以地气温暖、土质腴厚，森林蔬菜，随处都可以培植，随时都可以采撷。一年四季，笋类菜类，常是不断；野菜的味道，吃起来又比别处的来得鲜甜。福建既有了这样丰富的天产，再加上以在外省各地游宦营商者的数目的众多，作料采从本地，烹制学自外方，五味调和，百珍并列，于是乎闽菜之名，就宣传在饕餮家的口上了。清初周亮工著的《闽小纪》两卷，记述食品处独多，按理原也是应该的。

福州海味，在春二三月间，最流行而最肥美的，要算来自长乐的蚌肉与海滨一带多有的蛎房。《闽小纪》里所说的西施舌，不知是否指蚌肉而言，色白而腴，味脆且鲜，以鸡汤煮得适宜，长圆的蚌肉，实在是色香味俱佳的神品。听说从前有一位海军当局者，老母病剧，颇思乡味，远在千里外，欲得一蚌肉，以解死前一刻的渴慕，部长纯孝，就以飞机运蚌肉至都。从这一件轶事看来，也可想见这蚌肉的风味了。我这一回赶上福州，正及蚌肉上市的时候，所以红烧白煮，吃尽了几百个蚌，总算也是此生的豪举，特笔记此，聊志口福。

蛎房并不是福州独有的特产，但福建的蛎房，却比江浙沿海一带所产的，特别的肥嫩清洁。正二三月间，沿路的摊头店里，到处都堆满着这淡蓝色的水包肉。价钱的廉，味道的鲜，比到东坡在岭南所贪食的蚝，当然只会得超过。可惜苏公不曾到闽海去谪居，否则，阳羡之田，可以不买，苏氏子孙，或将永寓在三山二塔之下，也说不定。福州人叫蛎房作"地衣"，略带"挨"字的尾声，写起字来，我想只有"蚝"字，可以当得。

在清初的时候，江瑶柱似乎还没有现在那么的通行，所以周亮工再三地称道，誉为逸品。在目下的福州，江瑶柱却并没有人提起了。鱼翅席上，缺少不得的，倒是一种类似宁波横脚蟹的蟹，福州人叫作"新恩"。《闽小纪》里所说的虎，大约就是此物。据福州人说，肉最滋补，也最容易消化，所以产妇病人以及体弱的人，往往爱吃。但由对蟹素无好感的我看来，却仍赞成周亮工之言，终觉得质粗味劣，远不及蚌与蛎房或香螺来得干脆。

福州海味的种类，除上述的三种以外，原也很多很多。但是别地方也有，我们平常在上海也常常吃得到的东西，记下来也没有什么价值，所以不说。至于与海错相对的山珍哩，却更是可以干制，可以输出的东西，益发地没有记述的必要了，所以在这里只想说一说叫作肉燕的那一种奇异的包皮。

初到福州，打从大街小巷里走过，看见好些店家，都有一个大砧头摆在店中。一两位壮强的男子，拿了木锥，只在对着砧上的一大块猪肉，一下一下的死劲地敲。把猪肉这样的乱敲乱打，究竟算什么回事？我每次看见，总觉得奇怪。后来向福州的朋友一打听，才知道这就是制肉燕的原料了。所谓肉燕者，就是将猪肉打得粉烂，和入面粉，然后再制成皮子，如包馄饨的外皮一样，用以来包制菜蔬的东西。听说这物事在福建，也只是福州独有的特产。

福州食品的味道，大抵重糖。有几家真正福州馆子里烧出来的鸡鸭四件，简直是同蜜饯的罐头一样，不杂入一粒盐花。因此福州人的牙齿，十人九坏。有一次去看三赛乐的闽剧，看见台上演戏的人，个个都是满口金黄；回头更向左右的观众一看，妇女子的嘴里也大半镶着全副的金色牙齿。于是天黄黄，地黄黄，弄得我这一向就痛恨金牙齿的偏执狂者，几乎想放声大哭，以为福州人故意在和我捣乱。

将这些脱嫌糖重的食味除起，若论到酒，则福州的那一种土黄酒，也还勉强可以喝得。周亮工所记的玉带春、梨花白、蓝家酒、碧霞酒、莲须白、河清、双夹、西施红、状元红等，我都不曾喝过，所以不敢品评。只有会城各处在卖的鸡老（酪）酒，颜色却和绍酒一样的红似琥珀，味道略苦，喝多了觉得头痛。听说这是以一生鸡，悬之酒中，等鸡肉鸡骨都化了后，然后开坛饮用的酒，自然也是越陈越好。福州酒店外面，都写"酒库"两字，发卖叫发扛，也是新奇得很的名称。以红糖酿的甜酒，味道有点像上海的甜白酒，不过颜色桃红，当是西施红等名目出处的由来。莆田的荔枝酒，颜色深红带黑，味甘甜如西班牙的宝德红葡萄，虽则名贵，但我却终不喜欢。福州一般宴客，喝的总还是绍兴花雕，价钱极贵，斤量又不足，而酒味也淡似沪杭各地，我觉得建庄终究不及京庄。

福州的水果花木，终年不断。橙柑、福橘、佛手、荔枝、龙眼、甘蔗、香蕉，以及茉莉、兰花、橄榄等，都是全国闻名的品物。好事者且各有谱牒之著，我在这里，自然可以不说。

闽茶半出武夷,就是不是武夷之产,也往往借这名山为号召。铁罗汉、铁观音的两种,为茶中柳下惠,非红非绿,略带赭色;酒醉之后,喝它三杯两盏,头脑倒真能清醒一下。其他若龙团玉乳,大约名目总也不少,我不恋茶娇,终是俗客,深恐品评失当,贻笑大方,在这里只好轻轻放过。

从《闽小纪》中的记载看来,番薯似乎还是福建人开始从南洋运来的代食品。其后,因种植的便利、食味的甘美,就流传到内地去了。这植物传播到中国来的时代,只在三百年前,是明末清初的时候,因亮工所记如此,不晓得究竟是否确实。不过福建的米麦,向来就说不足,现在也须仰给于外省或台湾,但田稻倒又可以一年两植。而福州正式的酒席,大抵总不吃饭散场,因为菜太丰盛了,吃到后来,总已个个饱满,用不着再以饭颗来充腹之故。

饮食处的有名处所,城内为树春园、南轩、河上酒家、可然亭等。味和小吃,亦佳且廉。仓前的鸭面,南门兜的素菜与牛肉馆,鼓楼西的水饺子铺,都是各有长处的小吃处。久吃了自然不对,偶尔去一试,倒也别有风味。城外在南台的西菜馆,有嘉宾、西宴台、法大、西来,以及前临闽江、内设戏台的广聚楼等。洪山桥畔的义心楼,以吃形同比目鱼的贴沙鱼著名;

仓前山的快乐林，以吃小盘西洋菜见称，这些当然又是菜馆中的别调。至如我所寄寓的青年会食堂，地方精洁宽广，中西菜也可以吃吃，只是不同耶稣的飨宴十二门徒一样，不许顾客醉饮葡萄酒浆，所以正式请客，大感不便。

此外则福建特有的温泉浴场，如汤门外的百合、福龙泉，飞机场的乐天泉等，也备有饮馔供客；浴客往往在这些浴场里可以鬼混一天，不必出外去买酒买食，却也便利。从前听说更可以在个人池内男女同浴，则饮食男女，就不必分求，一举竟可以两得了。

要说福州的女子，先得说一说福建的人种。大约福建土著的最初老百姓，为南洋近边的海岛人种，所以面貌习俗，与日本的九州一带，有点相像。其后汉族南下，与这些土人杂婚，就成了尤诸种族，系在春秋战国吴越争霸之后。到得唐朝，人兵入境，相传当时曾杀尽了福建的男子，只留下女人，以配光身的兵士。故而直至现在，福州人还呼丈夫为"唐晡人"，晡者系日暮袭来的意思，同时女人的"诸娘仔"之名，也出来了。还有现在东门外北门外的许多工女农妇，头上仍戴着三把银刀似的簪为发饰，俗称它们作三把刀，据说犹是当时的遗制。因为她们的父亲、丈夫、儿子，都被外来的征服者杀了，她们誓死不肯从敌，故而时时带着三把刀在身边，预备复仇。只今台湾的福籍妓女，听说也是一样。亡国到了现在，也已经有好多年了，而她们却仍不肯与日本的嫖客同宿。若有人破此旧习，而与日本嫖客同宿一宵者，同人中就视作禽兽，耻不与伍，这又是多么悲壮的一幕惨剧！谁说犹唱后庭花处，商女都不知家国的兴亡哩！试看汉奸到处卖国，而妓女乃不肯辱身，其间相去，又岂只泾渭的不同？这一种古代的人种，与唐人杂婚之后，一部分不完全唐化，仍保留着他们固有的生活习惯、宗教仪式的，就是现在仍旧退居在北门外万山深处的畲民。此外的一族，以水上为家，明清以后，一向被视为贱民，不时受汉人的蹂躏的。相传其祖先系蒙古人，自元亡后，遂贬为疍户，俗呼科蹄。科蹄实为曲蹄之别音，因他们常常曲膝盘坐在船舱之内，两脚弯曲，故有此称。串通倭寇，骚扰沿海一带的居民，古时在泉州叫作泉郎的，就是这一种人种的旁支。

因为福州人种的血统，有这种种的沿革，所以福建人的面貌，和一般中原的汉族，有点两样。大致广颡深眼，鼻子与颧骨高突，两颊深陷成窝，下颌部也稍稍尖凸向前。这一种面相，生在男人的身上，倒也并不觉得特别；但一生在女人的身上，高突部为嫩白的皮肉所调和，看起来却个个都是线条刻画分明，像是希腊古代的雕塑人形了。福州女子的另一特点，是在她们的皮色的细白。生长在深闺中的宦家小姐，不见天日，白腻原也应该。最奇怪的，却是那些住在城外的工农佣妇，也一例地有着那种嫩白微红，像刚施过脂粉似的皮肤。大约日夕灌溉的温泉浴是一种关系，吃的闽江江水，总也是一种关系。

我们从前没有居住过福建，心目中总只以为福建人种，是一种蛮族。后来到了那里，和他们的文化一接触，才晓得他们虽则开化得较迟，但进步得却很快；又因为东南是海港的关系，中西文化的交流，也比中原僻地频繁，所以闽南的有些都市，简直繁华摩登得可以同上海来争甲乙。及至观察稍深，一移目到了福州的女性，更觉得她们的美的水准，比苏杭的女子要高好几倍；而装饰的入时，身体的康健，比到苏州的小型女子，又得高强数倍都不止。

"天生丽质难自弃"，表露欲、装饰欲，原是女性的特嗜；而福州女子所有的这一种显示本能，似乎比什么地方的人还要强一点。因而天晴气爽，或岁时伏腊，有迎神赛会的关头，南大街、仓前山一带，完全是美妇人披露的画廊。眼睛个个是灵敏深黑的，鼻梁个个是细长高突的，皮肤个个是柔嫩雪白的；此外还要加上以最摩登的衣饰，与来自巴黎、纽约的化妆品的香雾与红霞，你说这幅福州晴天午后的全景，美丽不美丽？迷人不迷人？

亦唯因此之故，所以也影响到了社会，影响到了风俗。国民经济破产，是全国到处都一样的事实；而这些妇女子们，又大半是不生产的中流以下的阶级。衣食不足，礼义廉耻之凋伤，原是自然的结果，故而在福州住不上几月，就时时有暗娼流行的风说，传到耳边上来。都市集中人口以后，这实在也是一种不可避免而亟待解决的社会大问题。

说及了娼妓，自然不得不说一说福州的官娼。从前邵武诗人张亨甫，曾著过一部《南浦秋波录》，是专记南台一带的烟花韵事的。现在世业凋零，景气全落，这些乐户人家，完全没有旧日的豪奢影子了。福州最上流的官娼，叫作白面处，是同上海的长三一样的款式。听几位久住福州的朋友说，白面处近来门可罗雀，早已掉在没落的深渊里了。其次还勉强在维持市面的，是以卖嘴不卖身为标榜的清唱堂，无论何人，只须花三元法币，就能进去听三出戏。就是这一时号称极盛的清唱堂，现在也一家一家的废了业，只剩了田墩的三五家人家。自此以下，则完全是惨无人道的下等娼妓，与野鸡款式的无名密贩了，数目之多，求售之切，到了骇人听闻的地步。至于城内的暗娼、包月妇、零售处之类，只听见公安维持者等谈起过几次，报纸上见到过许多回，内容虽则无从调查，但演绎起来，旁证以社会的萧条、产业的不振、国步的艰难，与夫人口的过剩，总也不难举一反三，晓得她们的大概。

总之，福州的饮食男女，虽比别处稍觉得奢侈，而福州的社会状态，比别处也并不见得十分的堕落。说到两性的纵弛、人欲的横流，则与风土气候有关，次热带的境内，自然要比温带、寒带为剧烈。而食品的丰富，女子一般姣美与健康，却是我们不曾到过福建的人所意想不到的发现。

# 风檐尝烤肉

张恨水

有人吃过北平的松柴烤肉吗?现在街头上橙黄橘绿,菊花摊子四处摆着,尝过这异味的人,就会对北平悠然神往。

据传说,松柴烤牛肉,那才是真正的北方大陆风味,吃这种东西,不但是尝那个味,还要领略那个意境。你是个士大夫阶级,当然你无法去领略。就是我在北平做客的二十年,也是最后几年,变了方法去尝的,真正吃烤肉的功架,我也是"仆病未能"。那么,是怎么个景呢?说出来你会好笑的。

任何一条马路上，有极宽的人行路，这路总在一丈开外，在不妨碍行人的屋檐下，有些地方，是可以摆着浮摊的。这卖烤牛肉的炉灶，就是放置在这种地方。无论这炉灶属于大馆子小馆子或者饭摊儿，布置全是一样。一个高可三尺的圆炉灶，上面罩着一个铁棍罩子，北方人叫着甑（读如赠），将二三尺长的松树柴，塞到甑底下去烧。卖肉的人，将牛羊肉切成像牛皮纸那么薄，巴掌大一块（这就是艺术），用碟儿盛着，放在柜台或摊板上。当太阳黄黄儿的，斜临在街头，西北风在人头上瑟瑟吹过，松火柴在炉灶上吐着红焰，带了缭绕的青烟，横过马路。在下风头远远地嗅到一种烤肉香，于是有这嗜好的人，就情不自禁地会走了过去，叫一声："掌柜的，来两碟！"这里炉子四周，围了四条矮板凳，可不是坐着的，你要坐着，是上洋车坐车踏板，算来上等车了。你走过去，可以将长袍儿大襟一撩，把右脚踏在凳子上。店伙自会把肉送来，放在炉子木架上。另外是一碟葱白，一碗料酒、酱油的掺和物。木架上有竹竿做的长棍子，长一尺五六。你夹起碟子里的肉，向酱油、料酒里面一和弄，立刻送到铁甑的火焰上去烤烙。但别忘了放葱白，去掺和着，于是肉气味、葱气味、酱油酒气味、松烟气味，融合一处，铁烙罩上吱吱作响，筷子越翻弄越香。

你要是吃烧饼，店伙会给你送一碟火烧来。你要是喝酒，店伙给你送一只杯子、一个三寸高的小锡瓶儿来。那时你左脚站在地上，右脚踏在凳上，右手拿了长筷子在甑上烤肉，左手两指夹了锡瓶嘴儿，向木架子上杯子里斟白干，一筷子熟肉送到口，接着举杯抿上一口酒，那神气就大了。"虽南面王无以易也！"

趣味还不止此，一个甑，同时可以围了六七个人吃。大家全是过路人，谁也不认识谁。可是各人在甑上占一块小地盘烤肉，有个默契的君子协定，互不侵犯。各烤各的，各吃各的。偶然交上一句话："味儿不坏！"于是做个会心的微笑。吃饱了，人喝足了，在店堂里去喝碗小米稀饭，就着盐水疙瘩，或者要个天津萝卜啃，浓腻了之后再来个清淡，其味无穷。另有个笑话，不巧，烤肉时，站在下风头，炉子里松烟，可向脸上直扑，你得时时闪开，去揉擦眼泪水儿。可是一面揉眼睛，一面夹长筷子烤肉，也有的是，那就是趣味吗！

这样说来，士大夫阶级，当然尝不到这滋味。不，顺直门里烤肉宛家的灰棚里，东安市场东来顺三层楼上，前门外正阳楼院子里，也可以烤肉吃。尤其是烤肉宛家，每到夕阳西下，喝小米稀饭的雅座里，可以搬出二三十件狐皮大衣，自然，那灰棚门口，停着许多漂亮汽车。唉！于今想来，是一场梦。

# 略谈杭州北京的饮食

俞平伯

不懂烧菜,我只会吃,供稿于《中国烹饪》很可笑。亦稍有可说的,在我旧作诗词中有关于饮食,杭州西湖与北京的往事两条。

## (一) 词中所记

于庚申、甲子间(一九二〇——一九二四),我随舅家住杭垣,最后搬到外西湖俞楼。东面一小酒馆曰楼外楼,其得名固由于"山外青山楼外楼"的诗句,但亦与俞楼有关。俞楼早建,当时亦颇有名，酒楼后起，旧有曲园公所书匾额，现在不见了。

既是邻居，住在俞楼的人往往到楼外楼去叫菜。我们很省俭，只偶尔买些蛋炒饭来吃。从前曾祖住俞楼时，我当然没赶上。光绪壬辰赴杭，有单行本《曲园日记》于"三月"云：

初八日，吴清卿河帅、彭岱霖观察同来，留之小饮，买楼外楼醋熘鱼佐酒。

更早在清乾隆时，吴锡麒《有正味斋日记》说他家制醋缕鱼甚美，可见那时已有了。"缕""熘"音近，自是一物。"醋缕"者，盖饰以彩丝所谓"俏头"，与今之五柳鱼相似，"柳"即"缕"也。后来简化不用彩丝，名醋熘鱼。此颇似望文生义，或"熘"即"缕""柳"之音讹。二者孰是，未能定也。

于二十年代，有《古槐书屋词》，许宝写刻本。《望江南》三章，其第三记食品。今之影印本，乃其姊宝驯摹写，有一字之异，今录新本卷一之文：

西湖忆，三忆酒边鸥。楼上酒招堤上柳，柳丝风约水明楼，风紧柳花稠。

鱼羹美，佳话昔年留。泼醋烹鲜全带冰（"冰"，鱼生，读去声），乳莼新翠不须油，芳指动纤柔。

(《双调望江南》之第三)

此词上片写环境。旧日楼外楼，两间门面，单层，楼上悬店名旗帜，所云"楼上酒招堤上柳"，有青帘沽酒意。今已改建大厦，辉煌一新矣。

下片首两句言宋嫂鱼羹。宋五嫂原在汴京，南渡至临安（今杭州），曾蒙宋高宗宣唤，事见宋人笔记。其鱼羹遗制不传，与今之醋鱼有关系否已不得而知，但西湖鱼羹之美，口碑流传已千载矣。

第三句分两点。"泼醋烹鲜"是做法。"烹鱼"语见《诗经》。醋鱼要嫩，其实不烹亦不熘，是要活鱼，用大锅沸水烫熟，再浇上卤汁的。鱼是真活，不出于厨下。楼外楼在湖堤边置一竹笼养鱼，临时采用，我曾见过。"全带冰（柄）"是款式，醋鱼的一部分。客人点了这菜，跑堂的就喊道"全醋鱼带柄"（？），或"醋鱼带柄"。"柄"有音无字，呼者恐亦不知，姑依其声书之。原是瞎猜，非有所据。等拿上菜来，大鱼之外，另有一小碟鱼生，即所谓"柄"。虽是附属品，盖有来历。词

117

稿初刊本用此字谐声，如误认为有"把柄"之意就不甚妥。后在书上看到"冰"有生鱼义，读仄声，比"柄"切合，就在摹本中改了。可惜读时未抄下书名，现已忘记了。

尝疑"带冰"是"设脍"遗风之仅存者，"脍"字亦作"鲙"，生鱼也。其渊源甚古，在中国烹饪有千余年的历史。《论语》"脍不厌细"即是此品，可见孔夫子也是吃的。晋时张翰想吃故乡的莼鲈，亦是鲈鲙。杜甫《姜七少府设鲙》诗中有"饔人受鱼鲛人手，洗鱼磨刀鱼眼红。无声细下飞碎雪，有骨已剁觜春葱"等句，说鱼要活，刀要快，手法要好，将鱼刺剁碎，撒上葱花，描写得很详细。宋人说鱼片其薄如纸，被风吹去，这已是小说的笔法了。设鲙之风，远溯春秋时代，不知何年衰歇。小碟鱼冰，殆犹存古意。日本重生鱼，或亦与中国的鲙有关。

莼鲈齐名，词中"乳莼新翠不须油"句说到莼菜，在江南是极普通的。苏州所吃是太湖莼，杭州所吃大都出绍兴湘湖，西湖亦有之而量较少。莼羹自古有名。"乳莼"言其滑腻，"新翠"言其秀色，"不须油"者是清汤，连上"烹鲜"（醋鱼）亦不须油。此二者固皆可餐也。《曲园日记》三月二十二日云：

吾残牙零落，仅存者八，而上下不相当，莼丝柔滑，入口不能捉摸……因口占一诗云："尚堪大嚼猫头笋，无可如何雉尾莼。"

公时年七十二，自是老境，其实即年轻牙齿好，亦不易咬着它，其妙处正在于此。滑溜溜，囫囵吞，诚蔬菜中之奇品，其得味，全靠好汤和浇头（鸡、火腿、笋丝之类）衬托。若用纯素，就太清淡了。以前有一种罐头，内分两格，须两头开启，一头是莼菜，一头是浇头，合之为莼菜汤，颇好。

以上说得很啰唆，却还有些题外闲话。"莼鲈"只是诗中传统的说法，西湖酒家的食单岂限于此。鱼虾，江南的美味。醋鱼以外更有醉虾，亦叫炝虾，以活虾酒醉，加酱油等作料拌之。鲜虾的来源，或亦竹笼中物。及送上醉虾来，一碟之上更覆一碟，且要待一会儿吃，不然，虾就要迸起来了，开盖时亦不免。

还有家庭仿制品，我未到杭州，即已尝过杭州味。我曾祖来往苏、杭多年，回家亦命家人学制醋鱼、响铃儿。醋鱼之外如响铃儿，其制法以豆腐皮卷肉馅，露出两头，长约一寸，略带圆形如铃，用油炸脆了，吃起来哗哗作响，故名"响铃儿"。

"儿"字重读，杭音也。《梦粱录》曰："中瓦子前谓之五花儿中心。"三字杭音宛然相似，盖千年无改也。后来在杭尝到真品，方知其差别。即如"响铃儿"，家仿者黑小而紧，市售者肥白而松，盖其油多而火旺，家庖无此条件。唐临晋帖，自不如真，但家常菜亦别有风味，稍带些焦，不那么腻，小时候喜欢吃，故至今犹未忘耳。

## (二) 诗中所记

一九五二年壬辰《未名之谣》歌行中关于饮食的，杭州以外又说到北京，分列如下，先说杭州。

湖滨酒座擅烹鱼，宁似钱塘五嫂无？盛暑凌晨羊汤饭，职家风味思行都。

这里提到烹鱼、羊汤饭。吴自牧《梦粱录》曰：杭城市肆各家有名者，如……钱塘门外宋五嫂鱼羹……中瓦前职家羊饭。

钱塘是临西湖三城门之一，非泛称杭州。瓦子是游玩场所，中瓦即中瓦子。

"羊汤饭",须稍说明。这个题目原拟写入《燕知草》,后因材料不够就搁下了。二十年代初,我在杭州听舅父说有羊汤饭,每天开得极早,到八点以后就休息了。因有点好奇心,说要去尝尝,后来舅父果然带我们去了,在羊坝头,店名失忆。记得是个夏天,起个大清早,到了那边一看,果然顾客如云、高朋满座。平常早点总在家吃,清晨上酒馆见此盛况深以为异,食品总是出在羊身上的,白煮为多,甚清洁。后未再往。看到《梦粱录》《武林旧事》,皆有"羊饭"之名,"羊汤饭"盖其遗风。所云"职家"等疑皆是回民。诗云"行都",南渡之初以临安为行在,犹存恢复中原意。

北来以后,京中羊肉馆好而且多,远胜浙杭。但所谓"爆、烤、涮"却与羊汤饭风味迥异,羊汤饭盖维吾尔族传统吃羊肉之法,迄今西北犹然,由来已久。若今北京之东来顺、烤肉宛的吃法或另有渊源,为满、蒙之遗风欤?

说到北京,其诗下又另节云:杨柳旗亭堪系马,却典春衣无顾藉。南烹江腐又潘鱼,川闽肴蒸兼貊炙。

首二句比拟之词不必写实。如京中酒家无旗亭系马之事。次句用杜诗"朝回日日典春衣",我不曾做官,何"典春衣"

之有？且家中人亦必不许。"无顾藉"，不管不顾，不在乎之意，言其放浪耳。

但这两句亦有些实事作影，非全是瞎说。在上学时，我有一张清人钱杜（叔美）的山水画，簇新全绫裱的。钱氏画笔秀美，舅父夙喜之，但这张是赝品，他就给了我，我悬在京寓外室，不知怎的就三文不当两文地卖给打鼓儿的了。固未必用来吃小馆，反正是瞎花掉了，其谬如此，故云"无顾藉"也。如要在诗中实叙，自不可能。至于"杨柳旗亭堪系马"，虽无"系马"事，而"杨柳旗亭"，略可附会。

北京酒肆中有杨柳楼台的是会贤堂。其地在什刹前海的北岸。什刹海垂杨最盛，更有荷花。会贤堂乃山东馆子，是个大饭庄，房舍甚多，可办喜庆宴会，平时约友酒叙，菜亦至佳。夏日有冰碗、水晶肘子、高力莲花、荷叶粥，皆祛暑妙品。冬日有京师著名的山楂蜜糕。我只是随众陪座，未曾单去。大饭庄是不宜独酌的。卢沟桥事变后，就没有再到了，亦不知其何时歇业。在作歌时，此句原是泛说，非有所指。现在想来，如指它说，却很切合，谁也看不出有什么差错来。可见说诗之容易穿凿附会也。

我虽久住北京，能说的饮馔却亦不多，如下文纪实的。"南烹江腐又潘鱼"，谓广和居。原在宣外北半截胡同，晚清士大夫觞咏之地。我到京未久，曾随尊长前往，印象已很模糊。其后一迁至西长安街，二迁至西四丁字街，其地即今之同和居也。

"南烹"谓南方的烹调，以指山东馆似不恰当，但山东亦在燕京之南，而下文所举名菜也是南人教的。"江豆腐"传自江韵涛太守，用碎豆腐，八宝制法。潘鱼，传自潘耀如编修，福建人（俗云潘伯寅所传，盖非），以香菇、虾米、笋干作汤川鱼，其味清美。又有吴鱼片汤传自吴慎生中书，亦佳。以人得名的肴馔，他肆亦有之，只此店有近百年的历史，故记之耳。我只去过一次，未能多领略。

北京乃历代的都城，故多四方的市肆。除普通食品外，各有其拿手菜，不相混淆，我初进京时犹然。最盛的是山东馆，就东城说，晚清之福全馆，民初之东兴楼皆是。若北京本地风味，恐只有和顺居白肉馆。烧烤，满蒙之遗俗。

"川闽肴蒸兼貊炙。"说起川馆，早年宣外骡马市大街瑞记有名，我只于一九二五年随父母去过一次。四川菜重麻辣，而我那时所尝，却并不觉得太辣。这或由于点菜"免辣"之故，或有时地、流派的不同。四川菜大约不止一种。如今之四川饭店，风味就和我忆中的瑞记不同。又四十年代北大未迁时，景山东街开一四川小铺，店名不记得。它的回锅肉、麻婆豆腐，的确不差，可是真辣。

闽庖善治海鲜，口味淡美，名菜颇多。我因有福建亲戚，婶母亦闽人，故知之较稔。其市肆京中颇多。忆二十年代东四北大街有一闽式小馆甚精，字号失记。那时北洋政府的海军部近十二条胡同，官吏多闽人，遂设此店，予颇喜之。店铺以外还有单干的闽厨（他省有之否，未详），专应外会筵席，如我家请教过的有王厨（雨亭）、林厨。其厨之称，来源已久，如宋人记载中即有"某厨开沽"之文，不止一姓。以厨丁为单位，较之招牌更为可靠。如只看招牌，贸贸然而往，换了"大师父"，则昨日今朝，风味天渊矣。"吃小馆"是句口头语，却没有说吃大馆的，也是同样的道理。

"貊炙"有两解，狭义的可释为"北方外族的烤肉"，广义借指西餐。上海人叫大菜，从英文译来的，亦有真赝之别。仿制的比原式似更对吾人的胃口。上海一般的大菜中国化了，却以"英法大菜"号召，亦当时崇洋风气。北京西餐馆，散在九城，比较有地道洋味的，多在崇文门路东一带（路西广场，庚子遗迹），地近使馆区。

西餐取材比中菜简单些。以牛肉为主，羊次之，猪为下。"猪肉和豆"是平民的食品。我时常戏说，你如不会吃带血的牛排，那西洋就没有好菜了。话虽稍过，亦近乎实。西餐自有其优点，如"桌仪"、肴馔的次序装饰等，却亦有不大好吃的，自然是个人的口味。如我在国内每喜喝西菜里的汤，但到了英国船上却大失所望。名曰"清汤"，真是"臣心如水的汤"，一点味也没得，倒有些药气味。西洋例不用味精，宜其如此。英国烹调本不大高明，大陆诸国盖皆胜之。由法、意而德、俄，口味渐近东方，我们今日还喜啜俄国红菜汤也。

又北京的烤肉，还承毡幕遗风，直译"貊炙"，最为切合。但我当时想到的却是西餐里的牛排。《红楼梦》中的吃鹿肉，与今日烤肉吃法相同，只用鹿比用牛羊更贵族化耳。

我从前在京喜吃小馆，后来兴致渐差，一九七五年患病后，不能独自出门就更衰了。一九五〇年前《蝶恋花》词有"驼陌尘踪如梦寐""麦酒盈尊容易醉"等句，题曰"东华醉归"，指东华门大街的"华宫"，供应俄式西餐、日本式鸡素烧。近在西四新开张的西餐厅遇见一服务员，云是华宫旧人，他还认识我，并记得吾父，知其所嗜。其事至今三十余年，若我初来京住东华门时，数将倍焉。韶光永逝，旧侣星稀，于一饮一啄之微，亦多怅触，拉杂书之，辄有经过黄公酒垆之感，又不止"襟上杭州旧酒痕"已也。

一九八二年五月一日北京

# 南北的点心

周作人

中国地大物博,风俗与土产随地各有不同,因为一直缺少人纪录,有许多值得也是应该知道的事物,我们至今不能知道清楚,特别是关于衣食住的事项。我这里只就点心这个题目,依据浅陋所知,来说几句话,希望抛砖引玉,有旅行既广、游历又多的同志们,从各方面来报道出来,对于爱乡爱国的教育,或者也不无小补吧。

我是浙江东部人,可是在北京住了将近四十年,因此南腔北调,对于南北情形都知道一点,却没有深厚的了解。据我的观察来说,中国南北两路的点心，根本性质上有一个很大的区别。简单地下一句断语，北方的点心是常食的性质，南方的则是闲食。我们只看北京人家做饺子馄饨面总是十分茁实，馅决不考究；面用芝麻酱拌，最好也只是炸酱；馒头全是实心。本来是代饭用的，只要吃饱就好，所以并不求精。若是回过来走到东安市场，往五芳斋去叫了来吃，尽管是同样名称，做法便大不一样，别说蟹黄包干、鸡肉馄饨，就是一碗三鲜汤面，也是精细鲜美的。可是有一层，这决不可能吃饱当饭，一则因为价钱比较贵，二则昔时无此习惯。

抗战以后，上海也有阳春面，可以当饭了，但那是新时代的产物，在老辈看来，是不大可以为训的。我母亲如果在世，已有一百岁了，她生前便是绝对不承认点心可以当饭的，有时生点小毛病，不喜吃大米饭，随叫家里做点馄饨或面来充饥。即使一天里仍然吃过三回，她却总说今天胃口不开，因为吃不下饭去，因此可以证明那馄饨和面都不能算是饭。这种论断，虽然有点儿近于武断，但也可以说是有客观的佐证，因为南方的点心是闲食，做法也是趋于精细鲜美，不取茁实一路的。上文五芳斋固然是很好的例子，我还可以再举出南方做烙饼的方法来，更为具体，也有意思。

我们故乡是在钱塘江的东岸，那里不常吃面食，可是有烙饼这物事。这里要注意的，是烙不读作者"老"字音，乃是"洛"字入声，又名为山东饼，这证明原来是模仿大饼而作的，但是烙法却大不相同了。乡间卖馄饨面和馒头都分别有专门的店铺，唯独这烙饼只有摊，而且也不是每天都有，这要等待哪里有社戏，才有几个摆在戏台附近，供看戏的人买吃。价格是每个制钱三文，计油条价二文，葱酱和饼只要一文罢了。做法是先将原本两折的油条扯开，改作三折，在熬盘上烤焦，同时在预先做好的直径约二寸、厚约一分的圆饼上满搽红酱和辣酱，撒上葱花，卷在油条外面，再烤一下，就做成了。它的特色是油条加葱酱烤过，香辣好吃，那所谓饼只是包裹油条的东西，乃是客而非主。拿来与北方原来的大饼相比，厚大如茶盘，卷上黄酱与大葱，大嚼一张，可供一饱，这里便显出很大的不同来了。

上边所说的点心偏于面食一方面，这在北方本来不算是闲食吧。此外还有一类干点心，北京称为饽饽，这才当作闲食，大概与南方并无什么差别。但是这里也有一点不同，据我的考察，北方的点心历史古，南方的历史新，古者可能还有唐宋遗制，新的只是明朝中叶吧。点心铺招牌上有常用的两句话，我想借来用在这里,似乎也还适当,北方可以称为"官礼茶食",南方则是"嘉湖细点"。

我们这里且来作一点烦琐的考证,可以多少明白这时代的先后。查清顾张思的《土风录》卷六,"点心"条下云:小食曰点心,见吴曾《漫录》。唐郑为江淮留后,家人备夫人晨馔,夫人谓其弟曰:"治妆未毕,我未及餐,尔且可点心。"俄而女仆请备夫人点心,诟曰:"适已点心,今何得又请!"由此可知点心古时即是晨馔。同书又引周辉《北辕录》云:"洗漱冠栉毕,点心已至。"后文说明点心中馒头、馄饨、包子等,可知说的是水点心,在唐朝已有此名了。茶食一名,据《土风录》云:"干点心曰茶食,见宇文懋昭《金志》:'婿先期拜门,以酒馔往,酒三行,进大软脂、小软脂,如中国寒具。又进蜜糕,人各一盘,曰茶食。'《北辕录》云:金国宴南使,未行酒,先设茶筵,进茶一盏,谓之茶食。"茶食是喝茶时所吃的,与小食不同。大软脂,大抵有如蜜麻花,蜜糕则明系蜜饯之类了。从文献上看来,点心与茶食两者原有区别,性质也就不同,但是后来早已混同了,本文中也就混用,那招牌上的话也只是利用现代文句,茶食与细点作同义语看,用不着再分析了。

我初到北京的时候,随便在饽饽铺买点东西吃,觉得不大满意，曾经埋怨过这个古都市，积聚了千年以上的文化历史，怎么没有做出些好吃的点心来。老实说，北京的大八件、小八件，尽管名称不同，吃起来不免单调，正和五芳斋的前例一样，东安市场内的稻香春所做的南式茶食，并不齐备，但比起来也显得花样要多些了。过去时代，皇帝向在京里，他的享受当然是很豪华的，却也并不曾创造出什么来。北海公园内旧有"仿膳"，是前清御膳房的做法，所做小点心，看来也是平常，只是做得小巧一点而已。南方茶食中有些东西，是小时候熟悉的，在北京都没有，也就感觉不满足，例如，糖类的酥糖、麻片糖、寸金糖，片类的云片糕、椒桃片、松仁片，软糕类的松子糕、枣子糕、蜜仁糕、橘红糕等。此外有缠类，如松仁缠、核桃缠，乃是在干果上包糖，算是上品茶食，其实倒并不怎么好吃。南北点心粗细不同，我早已注意到了，但这是怎么一个系统，为什么有这差异？那我也没有法子去查考，因为孤陋寡闻，而且关于点心的文献，实在也不知道有什么书籍。

但是事有凑巧，不记得是哪一年，或者什么原因了，总之见到几件北京的旧式点心，平常不大碰见，样式有点别致的，这使我忽然大悟，心想这岂不是在故乡见惯的"官礼茶食"么？故乡旧式结婚后，照例要给亲戚本家分"喜果"，一种是干果，计核桃、枣子、松子、棒子，讲究的加荔枝、桂圆。又一种是干点心，记不清它的名字。查范寅《越谚·饮食门》下，记有金枣和珑缠豆两种，此外我还记得有佛手酥、菊花酥和蛋黄酥等三种。这种东西，平时不易销，店铺里也不常备，要结婚人家订购才有，样子虽然不差，但材料不大考究，即使是可以吃得的佛手酥，也总不及红绫饼或梁湖月饼，所以喜果送来，只供小孩们胡乱吃一阵，大人是不去染指的。可是这类喜果却大抵与北京的一样，而且结婚时节非得使用不可。云片糕等虽是比较要好，却是决不使用的。这是什么理由？这一类点心是中国旧有的，历代相承，使用于结婚仪式。一方面时势转变，点心上发生了新品种，然而一切仪式都是守旧的，不轻易容许改变，因此即使是送人的喜果，也有一定的规矩，要定做现今市上不通行了的物品来使用。同是一类茶食，在甲地尚在通行，在乙地已出了新的品种，只留着用于"官礼"，这便是南北点心情形不同的缘因了。

上文只说得"官礼茶食"，是旧式的点心，至今流传于北方。至于南方点心的来源，那还得另行说明。"嘉湖细点"这四个字，本是招牌和仿单上的口头禅，现在正好借用过来，说明细点的来源。因为据我的了解，那时期当为前明中叶，而地点则是东吴西浙，嘉兴、湖州正是代表地方。我没有文书上的资料，来证明那时吴中饮食丰盛奢华的情形，但以近代苏州饮食风靡南方的事情来作比，这里有点类似。明朝自永乐以来，政府虽是设在北京，但文化中心一直还是在江南一带。那里官绅富豪生活奢侈，茶食一类也就发达起来。就是水点心，在北方作为常食的，也改做得特别精美，成为以赏味为目的的闲食了。这南北两样的区别，在点心上存在得很久，这里固然有风俗习惯的关系，一时不易改变；但在"百花齐放"的今日，这至少该得有一种进展了吧。其实这区别不在于质而只是量的问题，换一句话即是做法的一点不同而已。我们前面说过，家庭的鸡蛋炸酱面与五芳斋的二鲜汤面，固然是一例。此外则有大块粗制的窝窝头，与"仿膳"的一碟十个的小窝窝头，也正是一样的变化。北京市上有一种爱窝窝，以江米煮饭捣烂（即是糍粑）为皮，中裹糖馅，如元宵大小。李光庭在《乡言解颐》中说明它的起源云：相传明世中官有嗜之者，因名御爱窝窝，今但曰爱窝窝而已。这里便是一个例证，在明清两朝里，窝窝头一件食品，便发生了两个变化了。本来常食闲食，都有一定习惯，不易轻轻更变，在各处都一样是闲食的干点心则无妨改良一点做法，做得比较精美，在人民生活水平日益提高的现在，这也未始不是切合实际的事情吧。国内各地方，都富有不少有特色的点心，就只因为地域所限，外边人不能知道，我希望将来不但有人多多报道，而且还同土产果品一样，陆续输到外边来，增加人民的口福。

# 日本的衣食住

周作人

我留学日本还在民国以前，只在东京住了六年，所以对于文化云云够不上说什么认识，不过这总是一个第二故乡，有时想到或是谈及，觉得对于一部分的日本生活很有一种爱着。这里边恐怕有好些原因，重要的大约有两个，其一是个人的性分，其二可以说是思古之幽情罢。我是生长于东南水乡的人，那里民生寒苦，冬天屋内没有火气，冷风可以直吹进被窝来，吃的通年不是很咸的腌菜也是很咸的腌鱼，有了这种训练去过东京的下宿生活，自然是不会不合适的。我那时又是民族革命的一信徒,凡民族主义必含有复古思想在里边,我们反对清朝,觉得清以前或元以前的差不多都好,何况更早的东西。听说夏穗卿、钱念劬两位先生在东京街上走路,看见店铺招牌的某文句或某字体,常指点赞叹,谓犹存唐代遗风,非现今中国所有。冈千仞著《观光纪游》中亦纪杨惺吾回国后事云:"惺吾杂陈在东所获古写经,把玩不置曰:此犹晋时笔法,宋元以下无此真致。"这种意思在那时大抵是很普通的。我们在日本的感觉,一半是异域,一半却是古昔,而这古昔乃是健全地活在异域的,所以不是梦幻似的空假,而亦与高丽、安南的优孟衣冠不相同也。

日本生活中多保存中国古俗,中国人好自大者反讪笑之,可谓不察之甚。《观光纪游》卷二《苏杭游记》上,记明治甲申(一八八四)六月二十六日事云:

> 晚与杨君赴陈松泉之邀,会者为陆云孙、汪少符、文小坡。杨君每谈日东一事,满坐哄然,余不解华语,痴坐其旁。因以为我俗席地而坐,食无案桌,寝无卧床,服无衣裳之别,妇女涅齿,带广,蔽腰围等,皆为外人所讶者,而中人辫发垂地,嗜毒烟甚食色,妇

女约足，人家不设厕，街巷不容车马，皆不免陋者，未可以内笑外，以彼非此。

冈氏言虽未免有悻悻之气，实际上却是说得很对的。以我浅陋所知，中国人纪述日本风俗最有理解的要算黄公度。《日本杂事诗》二卷成于光绪五年己卯，已是五十七年前了。诗也只是寻常，注很详细，更难得的是意见明达。

卷下关于房屋的注云：

室皆离地尺许，以木为板，藉以莞席，入室则脱屦户外，袜而登席。无门房窗牖，以纸为屏，下承以槽，随意开阖，四面皆然，宜夏而不宜冬也。室中必有阁以庋物，有床以列器皿陈书画。（室中留席地，以半掩以纸屏，架为小阁，以半悬挂玩器，则缘古人床之制而亦仍其名。）楹柱皆以木而不雕漆，昼常掩门而夜不扃钥。寝处无定所，展屏风，张帐幔，则就寝矣。每日必洒扫拂拭，洁无纤尘。

又一则云：

坐起皆席地，两膝据地，伸腰危坐，而以足承尻后，若跋坐，若蹲踞，若箕踞，皆为不恭。坐必设褥，敬客之礼有敷数重席者。有君命则设几，使者宣诏毕，亦就地坐矣。皆古礼也。因考《汉书·贾谊传》，文帝不觉膝之前于席。《三国志·管宁传》，坐不箕股，当膝处皆穿。《后汉书》，向栩坐板，坐积久，板乃有膝踝足指之处。朱子又云，今成都学所存文翁礼殿刻石诸像，皆膝地危坐，两蹠隐然见于坐后帷裳之下。今观之东人，知古人常坐皆如此。(《日本国志》成于八年后丁亥，所记稍详略有不同，今不重引。)

这种日本式的房屋我觉得很喜欢。这却并不由于好古。上文所说的那种坐法实在有点弄不来，我只能胡坐，即不正式的跋跏。若要像管宁那样，则无论敷了几重席也坐不到十分钟就两脚麻痹了。我喜欢的还是那房子的适用，特别便于简易生活。《杂事诗》注已说明屋内铺席，其制编稻草为台，厚可二寸许，蒙草席于上，两侧加麻布黑缘，每席长六尺、宽三尺，室之大小以席计数，自两席以至百席，而最普通者则为三席、四席半、六席、八席，学生所居以四席半为多。户窗取明者用格子糊以薄纸，名曰障子，可称纸窗，其他则两面浓暗色厚纸，用以间隔，名曰唐纸，可云纸屏耳。阁原名户棚，即壁橱，分上下层，可分贮被褥及衣箱杂物。床笫原名"床之间"，即壁龛而大，下宿不设此，学生租民房时可利用此地堆积书报，几乎平白地多出一席地也。四席半一室面积才八十一方尺，比维摩斗室还小十分之二，四壁萧然，下宿只供给一副茶具，自己买一张小几放在窗下。再有两三个坐褥，便可安住。坐在几前读书写字，前后左右凡有空地都可安放书卷纸张，等于一大书桌。客来遍地可坐，客六七人不算拥挤，倦时随便卧倒，不必另备沙发，深夜从壁橱取被摊开，又便即正式睡觉了。昔时常见日本学生移居，车上载行李只铺盖、衣包、小几或加书箱，自己手拿玻璃洋油灯在车后走而已。中国公寓住室多在方丈以上，而板床、桌椅、箱架之外无多余地，令人感到局促，无安闲之趣。大抵中国房屋与西洋的相同都是宜于华丽而不宜于简陋，一间房子造成，还是行百里者半九十，非是有相当的器具陈设不能算完成，日本则土木功毕，铺席糊窗，即可居住，别无一点不足，而且还觉得清疏有致。从前在日本旅行，在吉松高锅等山村住宿，坐在旅馆的朴素的一室内凭窗看山，或着浴衣躺席上，要一壶茶来吃，这比向来住过的好些洋式中国式的旅舍都要觉得舒服，简单而省费。这样房屋自然也有缺点，如《杂事诗》注所云宜夏而不宜冬，其次是容易引火，还有或者不大谨慎，因为槽上拉动的板窗木户易于偷启，而且内无扃钥，贼一入门便可各处自在游行也。

关于衣服，《杂事诗》注只讲到女子的一部分，卷二云：

> 宫装皆披发垂肩，民家多古装束，七八岁时丫髻双垂，尤为可人。长，耳不环，手不钏，髻不花，足不弓鞋，皆以红珊瑚为簪。出则携蝙蝠伞。带席咫尺，围腰二三匝，复倒卷而直垂之，若襁负者。衣袖尺许，襟广微露胸，肩脊亦不尽掩，傅粉如面然，殆《三国志》所谓"丹朱坌身"者耶。

又云：

> 女子亦不着裤，裏有围裙，《礼》所谓中单，《汉书》所谓中裙，深藏不见足，舞者回旋偶一露耳。五部洲惟日本不着裤，闻者惊怪。今按《说文》，袴，

胫衣也。《逸雅》，袴，两股各跨别也。袴即今制，三代前固无。张萱《疑耀》曰：袴即裤，古人皆无裆，有裆起自汉昭帝时上官宫人。考《汉书·上官后传》，宫人使令皆为穷袴。服虔曰：穷袴前后有裆，不得交通。是为有裆之袴所缘起。惟《史记》叙屠岸贾有置其袴中语，《战国策》亦称韩昭侯有敝袴，则似春秋战国既有之，然或者尚无裆耶。

这个问题其实本很简单。日本上古有袴，与中国西洋相同，后受唐代文化衣冠改革，由筒管袴而转为灯笼袴，终乃袴脚益大，袴裆渐低，今礼服之"袴"已几乎是裙了。平常着袴，故里衣中不复有袴类的东西，男子但用犊鼻袴裈，女子用围裙，就已行了，迨后民间平时可以衣而不裳，遂不复着，但用作乙种礼服，学生如上学或访老师则和服之上必须着袴也。现今所谓和服实即古时之所谓"小袖"。袖本小而底圆，今则其深广，有如口袋，可以容手巾笺纸等，与中国和尚所穿的相似，西人称之曰Kimono，原语云"着物"，实只是衣服总称耳。日本衣裳之制大抵根据中国而逐渐有所变革，乃成今状，盖与其房屋起居最适合。若以现今和服住洋房中，或以华服住日本房，亦不甚适也。《杂事诗》注又有一则关于鞋袜的云：

> 袜前分歧为二靫，一靫容拇指，一靫容众指。屐有如丌字者，两齿甚高，又有作反凹者。织蒲为苴，皆无墙有梁，梁作人字，以布绳或纫蒲系于头，必两指间夹持用力乃能行，故袜分作两歧。考《南史·虞玩之传》，一屐着三十年，莫断以芒接之。古乐府，黄桑柘屐蒲子履，中央有丝两头系。知古制正如此也，附注于此。

这个木屐也是我所喜欢着的，我觉得比广东用皮条络住脚背的还要好，因为这似乎更着力可以走路。黄君说必两指间夹持用力乃能行，这大约是没有穿惯，或者因中国男子多裹脚，脚指互叠不能衔梁，衔亦无力，所以觉得不容易，其实是套着自然着力，用不着什么夹持的。去年夏间我往东京去，特地到大震灾时没有毁坏的本乡去寄寓，晚上穿了和服木屐，曳杖，往帝国大学前面一带去散步，看看旧书店和地摊，很是自在。若是穿着洋服就觉得拘束，特别是那么大热天。不过我们所能穿的也只是普通的"下驮"，即所谓反凹字形状的一种，此外名称"日和下驮"底作丌字形而不很高者从前学生时代也曾穿过。至于那两齿甚高的"足驮"那就不敢请教了。在民国以前，东京的道路不很好，也颇有雨天变酱缸之概。足驮是雨具中的要品，现代却可以不需。不穿皮鞋的人只要有日和下驮就可应付，而且在实际上连这也少见了。

《杂事诗》注关于食物说得最少，其一云：

多食生冷，喜食鱼，聂而切之，便下箸矣，火熟之物亦喜寒食。寻常茶饭，萝卜竹笋而外，无长物也。近仿欧罗巴食法，或用牛羊。

又云：

自天武四年因浮屠教禁食兽肉，非饵病不许食。卖兽肉者隐其名曰药食，复曰山鲸。所悬望子，画牡丹者豕肉也，画丹枫落叶者鹿肉也。

讲到日本的食物，第一感到惊奇的事的确是兽肉的稀少。二十多年前我还在三田地方看见过山鲸（这是野猪的别号）的招牌，画牡丹枫叶的却已不见。虽然近时仿欧罗巴法，但肉食不能说很盛，不过已不如从前以兽肉为秽物禁而不食，肉店也在"江都八百八街"到处开着罢了。平常鸟兽的肉只是猪牛与鸡，羊肉简直没处买，鹅鸭也极不常见。平民的下饭的菜到现在仍旧还是蔬菜以及鱼介。中国学生初到日本，吃到日本饭菜那么清淡、枯槁，没有油水，一定大惊大恨，特别是在下宿或分租房间的地方。这是大可原谅的，但是我自己却不以为苦，还觉得这有别一种风趣。吾乡穷苦，人民努力日吃三顿饭，唯以腌菜、臭豆腐、螺蛳为菜，故不怕咸与臭，亦不嗜油若命，到日本去吃无论什么都不大成问题。有些东西可以与故乡的什么相比，有些又即是中国某处的什么，这样一想就很有意思。如味噌汁与干菜汤，金山寺味噌与豆板酱，福神渍与酱咯哒，牛蒡独活与芦笋，盐鲑与勒鲞，皆相似的食物也。又如大德寺纳豆即咸豆豉，泽庵渍即福建的黄土萝卜，蒟蒻即四川的黑豆腐，刺身即广东的鱼生，寿司（《杂事诗》作寿志）即古昔的鱼鲊，其制法见于《齐民要术》，此其间又含有文化交通的历史，不但可吃，也更可思索。家庭宴集自较丰盛，但其清淡则如故，亦仍以菜蔬鱼介为主，鸡豚在所不废，唯多用其瘦者，故亦不油腻也。近时社会上亦流行中国及西洋菜，试食之则并不佳，即有名大店亦如此，盖以日东手法调理西餐（日本昔时亦称中国为西方）难得恰好，唯在赤坂一家云"茜"者吃中餐极佳，其厨师乃来自北平云。日本食物之又一特色为冷，确如《杂事诗》注所言。下宿供膳尚用热饭，人家则大抵只煮早饭，家人之为官吏、教员、公司职员、工匠、学生者皆裹饭而出，名曰"便当"，匣中盛饭，别一格盛菜，上者有鱼，否则梅干一二而已。傍晚归来，再煮晚饭，但中人以下之家便吃早晨所余，冬夜苦寒，乃以热苦茶淘之。中国人惯食火热的东西，有海军同学昔日为京官，吃饭恨不热，取饭锅置坐右，由锅到碗，由碗到口，迅疾如暴风雨，乃始快意，此固是极端，却亦是一好例。

总之，对于食物中国大概喜热恶冷，所以留学生看了"便当"恐怕无不头痛的，不过我觉得这也很好，不但是故乡有吃"冷饭头"的习惯，说得迂腐一点，也是人生的一点小训练。希望人人都有"吐司"当晚点心，人人都有小汽车坐，固然是久远的理想，但在目前似乎刻苦的训练也是必要。日本因其工商业之发展，都会文化渐以增进，享受方面也自然提高。不过这只是表面的一部分，普通的生活还是很刻苦，此不必一定是吃冷饭，然亦不妨说是其一。中国平民生活之苦已甚矣，我所说的乃是中流的知识阶级应当学点吃苦，至少也不要太讲享受。享受并不限于吃"吐司"之类，抽大烟、娶姨太太、打麻将皆是中流享乐思想的表现，此一种病真真不知道如何才救得过来，上文云云只是姑妄言之耳。

六月九日《大公报》上登载梁实秋先生的一篇论文，题曰《自信力与夸大狂》，我读了很是佩服，有关于中国的衣食住的几句话可以引用在这里。梁先生说中国文化里也有一部分是优于西洋者，解说道：

> 我觉得可说的太少，也许是从前很好，现在变少了。我想来想去只觉得中国的菜比外国的好吃，中国的长袍布鞋比外国的舒适，中国的宫室园林比外国的雅丽，此外我实在想不出有什么优于西洋的东西。

梁先生的意思似乎重在消极方面，我们却不妨当作正面来看，说中国的衣食住都有些可取的地方。本来衣食住三者是生活中最重要的部分，因其习惯与便利，发生爱好的感情，转而成为优劣的辨别，所以这里边很存着主观的成分，实在这也只能如此，要想找一根绝对平直的尺度来较量几乎是不可能的。固然也可以有人说："因为西洋人吃鸡蛋，所以兄弟也吃鸡蛋。"不过在该吃之外还有好吃问题，恐怕在这一点上未必能与西洋人一定合致。那么这吃鸡蛋的兄弟对于鸡蛋也只有信而未至于爱耳。因此，改变一种生活方式很是烦难，而欲了解别种生活方式亦不是容易的事。有的事情在事实并不怎么愉快，在道理上显然看出是荒谬的。如男子拖辫、女人缠足，似乎应该不难解决了，可是也并不如此。民国成立已将四半世纪了，而辫发未绝迹于城市，士大夫中爱赏金莲步者亦不乏其人，他可知矣。谷崎润一郎近日刊行《摄阳随笔》，卷首有《阴翳礼赞》一篇，其中说漆碗盛味噌汁（以酱汁作汤，蔬类作料，如茄子、萝卜、海带，或用豆腐）的意义，颇多妙解，至悉归其故于有色人种，以为在爱好上与白色人种异其趣。虽未免稍多宿命观的色彩，大体却说得很有意思。中日同是黄色的蒙古人种，日本文化古来又取资中土，然而其结果乃或同或异。唐时不取太监，宋时不取缠足，明时不取八股，清时不取雅片，又何以嗜好迥殊耶。我这样说似更有阴沉的宿命观，但我固深钦日本之善于别择，一面却亦仍梦想中国能于将来荡涤此诸染污，盖此不比衣食住是基本的生活，或者其改变尚不至于绝难欤。

我对于日本文化既所知极浅，今又欲谈衣食住等的难问题，其不能说得不错，盖可知也。幸而我预先声明，这全是主观的，回忆与印象的一种杂谈，不足以知日本真的事情，只足以见我个人的意见耳。大抵非自己所有者不能深知，我尚能知故乡的民间生活，因此亦能于日本生活中由其近似而得理会，其所不知者当然甚多，若所知者非其真相而只是我的解说，那也必所在多有而无可免者也。日本与中国在文化的关系上本犹罗马之与希腊，及今乃成为东方之德法。在今日而谈日本的生活，不撒有"国难"的香料，不知有何人要看否，我亦自己怀疑。但是，我仔细思量日本今昔的生活，现在日本"非常时"的行动，我仍明确地看明白日本与中国毕竟同是亚细亚人，兴衰祸福目前虽是不同，究竟的命运还是一致，亚细亚人岂终将沦于劣种乎，念之悯然。因谈衣食住而结论至此，实在乃真是漆黑的宿命论也。

廿四年六月廿一日，在北平

# 吃 的

朱自清

提到欧洲的吃喝，谁总会想到巴黎，伦敦是算不上的。不用说别的，就说煎山药蛋吧。法国的切成小骨牌块儿，黄争争的，油汪汪的，香喷喷的。英国的"条儿"（chips）却半黄半黑，不冷不热，干干儿的什么味也没有，只可以当饱罢了。再说英国饭吃来吃去，主菜无非是煎炸牛肉排、羊排骨，配上两样素菜。记得在一个人家住过四个月，只吃过一回煎小牛肝儿，算是新花样。可是菜做得简单，也有好处。材料坏容易见出，像大陆上厨子将坏东西做成好样子，在英国是不会的。大约他们自己也觉着腻味，所以一九二六那一年有一位华衣脱女士（Miss F. White）组织了一个英国民间烹调社，搜求各市各乡的食谱，想给英国菜换点儿花样，让它好吃些。一九三一年十二月，烹调社开了一回晚餐会，从十八世纪以来的食谱中选了五样菜（汤和点心在内），据说是又好吃，又不费事。这时候正是英国的国货年，所以报纸上颇为揄扬一番。可是，现在欧洲的风气，吃饭要少要快，那些陈年的老古董，怕总有些不合时宜吧。

吃饭要快，为的忙，欧洲人不能像咱们那样慢条斯理儿的，大家知道。干吗要少呢？为的卫生，固然不错，还有别的：女的男的都怕胖。女的怕胖，胖了难看；男的也爱那股标劲儿，要像个运动家。这个自然说的是中年人、少年人。老头子挺着个大肚子的却有的是。欧洲人一日三餐，分量颇不一样。像德国，早晨只有咖啡、面包，晚间常冷食，只有午饭重些。法国早晨是咖啡、月芽饼，午饭、晚饭似乎一般分量。英国却早晚饭并重，午饭轻些。英国讲究早饭，和我国成都等处一样。有麦粥、火腿蛋、面包、茶，有时还有熏咸鱼、果子。午饭顶简单的，可以只吃一块烤面包、一杯咖啡。有些小饭店里出卖午饭盒子，是些冷鱼冷肉之类，却没有卖晚饭盒子的。

伦敦头等饭店总是法国菜，二等的有意大利菜、法国菜、瑞士菜之分。旧城馆子和茶饭店等才是本国味道。茶饭店与煎炸店其实都是小饭店的别称。茶饭店的"饭"原指的午饭，可是卖的东西并不简单，吃晚饭满成；煎炸店除了煎炸牛肉排、羊排骨之外，也卖别的。头等饭店没去过，意大利的馆子却去过两家。一家在牛津街，规模很不小，晚饭时有女杂耍和跳舞。只记得那回第一道菜是生蚝之类。一种特制的盘子，边上围着七八个圆格子，每格放半个生蚝，吃起来很雅相。另一家在由斯敦路，也是个热闹地方。这家却小小的，通心细粉做得最好。将粉切成半分来长的小圈儿，用黄油煎熟了，平铺在盘儿里，撒上干酪（计司）粉，轻松鲜美，妙不可言。还有炸"搦气蚝"，鲜嫩清香，蛎蜌瑶柱，都不能及，只有宁波的蛎黄仿佛近之。

茶饭店便宜的有三家：拉衣恩司（Lyons）、快车奶房、ABC面包房。每家都开了许多店子，遍布市内外。ABC比较少些，也贵些，拉衣恩司最多。快车奶房炸小牛肉、小牛肝和红烧鸭块都还可口。他们烧鸭块用木炭火，所以颇有中国风味。ABC炸牛肝也可吃，但火急肝老，总差点儿事；点心烤得却好，有几件比得上北平法国面包房。拉衣恩司似乎没甚么出色的东西，但他家有两处"角店"，都在闹市转角处，那里却有好吃的。角店一是上下两大间，一是三层三大间，都可容一千五百人左右，晚上有乐队奏乐。一进去只见黑压压的坐满了人，过道处窄得可以，但是气象颇为阔大（有个英国学生讥为"穷人的宫殿"，也许不错）。在那里，往往找了半天、站了半天才等着空位子。这三家所有的店子都用女侍者，只有两处角店里却用了些男侍者——男侍者工钱贵些。男女侍者都穿了黑制服，女的更戴上白帽子，分层招待客人。也只有在角店里才要给点小费（虽然门上标明"无小费"字样），别处这三家开的铺子里都不用给的。曾去过一处角店，烤鸡做得还入味，但是一只鸡腿就合中国一元五角，若吃鸡翅还要贵点儿。茶饭店有时备着骨牌等，供客人消遣，可是向侍者要了玩的极少。客人多的地方，老是有人等位子，干脆就用不着备了。此外还有一些生蚝店，专吃生蚝，不便宜。一位房东太太告诉我说"不卫生"，但是吃的人也不见少。吃生蚝却不宜在夏天，所以英国人说月名没有（五六七八月），生蚝就不当令了。伦敦中国饭店也有七八家，贵贱差得很大，看地方而定。菜虽也有些高低，可都是变相的广东味儿，远不如上海新雅好。在一家广东楼要过一碗鸡肉馄饨，合中国一元六角，也够贵了。

茶饭店里可以吃到一种甜烧饼（muffin）和窝儿饼（crumpet）。甜烧饼仿佛我们的火烧，但是没馅儿，软软的，略有甜味，好像掺了米粉做的。窝儿饼面上有好些小窝窝儿，像蜂房，比较薄，也像掺了米粉。这两样大约都是法国来的。但甜烧饼来得早，至少二百年前就有了。厨师多住在祝来巷（Drury Lane），就是那著名的戏园子的地方。从前用盘子顶在头上卖，手里摇着铃子。那时节人家都爱吃，买了来，多多抹上黄油，在客厅或饭厅壁炉上烤得热辣辣的，让油都浸进去，一口咬下来，要不沾到两边口角上。这种偷闲的生活是很有意思的。但是后来的窝儿饼浸油更容易，更香，又不太厚，太软，有咬嚼些，样式也波俏。人们渐渐地喜欢它，就少买那甜烧饼了。一位女士看了这种光景，心下难过，便写信给《泰晤士报》，为甜烧饼抱不平。《泰晤士报》特地做了一篇小社论，劝人吃甜烧饼以存古风，但对于那位女士所说的窝儿饼的坏话，却宁愿存而不论，大约那论者也是爱吃窝儿饼的。

复活节（三月）时候，人家吃煎饼（pancake），茶饭店里也卖。这原是忏悔节（二月底）忏悔人晚饭后去教堂之前吃了好熬饿的，现在却在早晨吃了。饼薄而脆，微甜。北平中原公司卖的"胖开克"（煎饼的音译）却未免太"胖"，而且软了。——说到煎饼,想起一件事来:美国麻省勃克夏地方（Berkshire Country）有"吃煎饼竞争"的风俗。据《泰晤士报》说,一九三二的优胜者一气吃下四十二张饼,还有腊肠、热咖啡。这可算"真正大肚皮"了。

英国人每日下午四时半左右要喝一回茶,就着烤面包、黄油。请茶会时,自然还有别的,如火腿夹面包、生豌豆苗夹面包、茶馒头（tea-scone）等。他们很看重下午茶,几乎必不可少。又可乘此请客,比请晚饭简便、省钱得多。英国人喜欢喝茶,对于喝咖啡,和法国人相反。他们也煮不好咖啡。喝的茶现在多半是印度茶。茶饭店里虽卖中国茶,但是主顾寥寥。不让利权外溢固然也有关系,可是不利于中国茶的宣传（如说制时不干净）和茶味太淡才是主要原因。印度茶色浓味苦,加上牛奶和糖正合式;中国红茶不够劲儿,可是香气好。奇怪的是茶饭店里卖的,色香味都淡得没影子。那样茶怎么会运出去,真莫名其妙。

街上偶然会碰着提着筐子卖落花生的（巴黎也有）,推着四轮车卖炒栗子的,教人有故国之思。花生、栗子都装好一小口袋一小口袋的,栗子车上有炭炉子,一面炒,一面装,一面卖。这些小本经纪在伦敦街上也颇古色古香,点缀一气。栗子是干炒，与我们"糖炒"的差得太多了。——英国人吃饭时也有干果，如核桃、榛子、榧子，还有巴西乌菱（原名 Brazils，巴西出产，中国通称"美国乌菱"）。乌菱实大而肥，香脆爽口，运到中国的太干，便不大好。他们专有一种干果夹，像钳子，将干果夹进去，使劲一握夹子柄，"咯"的一声，皮壳碎裂，有些蹦到远处，也好玩儿的。苏州有瓜子夹，像剪刀，却只透着玲珑小巧，用不上劲儿去。

一九三五年二月四日作

# 四 趣味小食

# 北平的零食小贩

梁实秋

北平人馋。馋,据字典说是"贪食也",其实不只是贪食,是贪食各种美味之食。美味当前,固然馋涎欲滴,即使闲来无事,馋虫亦在咽喉中抓挠,迫切地需要一点什么以膏馋吻。三餐时固然希望膏粱罗列,任我下箸,三餐以外的时间也一样的想馋嚼,以锻炼其咀嚼筋。看鹭鸶的长颈都有一点羡慕,因为颈长可能享受更多的徐徐下咽之感,此之谓馋。"馋"字在外国语中无适当的字可以代替,所以讲到馋,真"不足为外人道"。有人说北平人之所以特别馋,是由于当年的八旗子弟游手好闲的太多，闲就要生事，在吃上打主意自然也是可以理解的。所以各式各样的零食小贩便应运而生，自晨至夜逡巡于大街小巷之中。

北平小贩的吆喝声是很特殊的。我不知道这与平剧（京剧）有无关系，其抑扬顿挫，变化颇多，有的豪放如唱大花脸，有的沉闷如黑头，又有的清脆如生旦，在白昼给浩浩欲沸的市声平添不少情趣，在夜晚又给寂静的夜带来一些凄凉。细听小贩的呼声，则有直譬，有隐喻，有时竟像谜语一般耐人寻味。而且他们的吆喝声，数十年如一日，不曾有过改变。我如今闭目沉思，北平零食小贩的呼声俨然在耳，一个个的如在目前。现在让我就记忆所及，细细数说。

首先让我提起"豆汁"。绿豆渣发酵后煮成稀汤，是为豆汁，淡草绿色而又微黄，味酸而又带一点霉味，稠稠的，混混的，热热的。佐以辣咸菜，即棺材板（腌大白萝卜）切细丝，加芹菜梗，辣椒丝或末。有时亦备较高级之酱菜如酱萝卜、酱黄瓜之类，反而不如辣咸菜之可口。午后啜三两碗，愈吃愈辣，愈辣愈喝，愈喝愈热，终至大汗淋漓、舌尖麻木而止。北平城里人没有不嗜豆汁者，但一出城则豆渣只有喂猪的份，乡下人没有喝豆汁的。外省人居住北平二三十年往往不能养成喝豆汁的习惯。能喝豆汁的人才算是真正的北平人。

其次是"灌肠"。后门桥头那一家的大灌肠，是真的猪肠做的，遐迩驰名，但嫌油腻。小贩的灌肠虽有肠之名实则并非是肠，仅具肠形，一条条的以芡粉为主所做成的橛子，切成不规则形的小片，放在平底大油锅上煎炸，炸得焦焦的，蘸蒜盐汁吃。据说那油不是普通油，是从作坊里从马肉等熬出来的油，所以有这一种怪味。单闻那种油味，能把人恶心死，但炸出来的灌肠，喷香！

从下午起有沿街叫卖"面筋哟"者，你喊他时须喊"卖熏鱼儿的"，他来到你们门口打开他的背盒由你拣选时却主要的是猪头肉。除猪头肉的脸子、只皮、口条之外，还有脑子、肝、肠、苦肠、心头、蹄筋，等等，外带着别有风味的干硬的火烧。刀口上手艺非凡，从夹板缝里抽出一把飞薄的刀，横着削切，把猪头肉切得薄如纸，塞在那火烧里食之，熏味扑鼻！这种卤味好像不能登大雅之堂，但是在煨煮熏制中有特殊的风味。离开北平便尝不到。

薄暮后有叫卖羊头肉者，这是回教徒的生意。刀板器皿刷洗得一尘不染，切羊脸子是他的拿手，切得真薄，从一只牛角里撒出一些特制的胡盐。北平的羊好，有浓厚的羊味，可又没有浓厚到膻的地步。

也有推着车子卖"烧羊脖子烧羊肉"的。烧羊肉是经过煮和炸两道手续的，除肉之外还有肚子和卤汤。在夏天佐以黄瓜大蒜是最好的下面之物。推车卖的不及街上羊肉铺所发售的，但慰情聊胜于无。

北平的"豆腐脑"，异于川湘的豆花，是哆里哆嗦的软嫩豆腐，上面浇一勺卤，再加蒜泥。

"老豆腐"另是一种东西，是把豆腐煮出了蜂窠，加芝麻酱、韭菜末、辣椒等佐料，热乎乎的连吃带喝亦颇有味。

北平人做的"烫面饺"不算一回事，真是举重若轻叱咤立办，你喊三十饺子，不大的工夫就给你端上来了，一个个包得细长齐整、又俊又俏。

斜尖的炸豆腐，在花椒盐水里煮得饱饱的，有时再羼进几个粉丝做的炸丸子，放进一点辣椒酱，也算是一味很普通的零食。

馄饨何处无之？北平挑担卖馄饨的却有他的特点，馄饨本身没有什么异样，由筷子头拨一点肉馅往三角皮子上一抹就是一个馄饨，特殊的是那一锅骨头熬的汤别有滋味，谁家也不会把那么多的烂骨头煮那么久。

一清早卖点心的很多,最普通的是烧饼油鬼。北平的烧饼主要有四种,芝麻酱烧饼、螺丝转、马蹄、驴蹄,各有千秋。芝麻酱烧饼,外省仿造者都不像样,不是太薄就是太厚,不是太大就是太小,总是不够标准。螺丝转儿最好是和"甜浆粥"一起用,要夹小圆圈油鬼。马蹄儿只有薄薄的两层皮,宜加圆饱的甜油鬼。驴蹄儿又小又厚,不要油鬼做伴。北平油鬼,不叫油条,因为根本不做长条状,主要的只有两种,四个圆饱联在一起的是甜油鬼,小圆圈的油鬼是咸的,炸得特焦,夹在烧饼里一按咔嚓一声。离开北平的人没有不想念那种油鬼的。外省的油条,虚泡囊肿,不够味,要求炸焦一点也不行。

"面茶"在别处没见过。真正的一锅糨糊,炒面熬的,盛在碗里之后,在上面用筷子蘸着芝麻酱撒满一层,唯恐撒得太多似的。味道好吗?至少是很怪。

卖"三角馒头"的永远是山东老乡。打开蒸笼布,热腾腾的各样蒸食,如糖三角、混糖馒头、豆沙包、蒸饼、红枣蒸饼、高庄馒头,听你拣选。

"杏仁茶"是北平的好,因为杏仁出在北方,提味的是那少数几颗苦杏仁。

豆类做出的吃食可多了,首先要提"豌豆糕"。小孩子一听打镗锣的声音很少有不怦然心动的。卖豌豆糕的人有一把手艺，他会把一块豌豆泥捏成各式各样的东西，他可以听你的吩咐捏一把茶壶，壶盖、壶把、壶嘴俱全，中间灌上黑糖水，还可以一杯一杯地往外倒。规模大一点的是荷花盆，真有花有叶，盆里灌黑糖水。最简单的是用模型翻制小饼，用芝麻做馅。后来还有"仿膳"的伙计出来做这一行生意，善用豌豆泥制各式各样的点心，大八件、小八件，什么卷酥、喇嘛糕、枣泥饼、花糕，五颜六色，应有尽有，惟妙惟肖。

"豌豆黄"之下街卖者是粗的一种，制时未去皮，加红枣，切成三尖形矗立在案板上。实际上比铺子卖的较细的放在纸盒里的那种要有味得多。

"热芸豆"有红、白二种，普通的吃法是用一块布挤成一个豆饼，可甜可咸。

"烂蚕豆"是俟蚕豆发芽后加五香大料煮成，烂到一挤即出。

"铁蚕豆"是把蚕豆炒熟，其干硬似铁。牙齿不牢者不敢轻试，但亦有酥皮者，较易嚼。

夏季雨后照例有小孩提着竹篮赤足蹚水而高呼"干香豌豆"，咸滋滋的也很好吃。

"豆腐丝",粗糙如豆腐渣,但有人拌葱卷饼而食之。

"豆渣糕"是芸豆泥做的,圆球形,蒸食,售者以竹筷插之,一插即是两颗,加糖及黑糖水食之。

"鐹儿糕",是米面填木碗中蒸之,咝咝作响,顷刻而熟。

"浆米藕"是老藕孔中填糯米,煮熟切片加糖而食之。挑子周围经常环绕着馋涎欲滴的小孩子。

北平的"酪"是一项特产,用牛奶凝冻而成,夏日用冰镇,凉香可口,讲究一点的酪在酪铺发售,沿街贩卖者亦不恶。

"白薯"(南人所谓红薯),有三种吃法,初秋街上喊"栗子味儿的"者是干煮白薯,细细小小的一根根地放在车上卖。稍后喊"锅底儿热和"者为带汁的煮白薯,块头较大,亦较甜。此外是烤白薯。

"老玉米"(玉蜀黍)初上市时也有煮熟了在街上卖的。对于城市中人这也是一种新鲜滋味。

沿街卖的"粽子",包得又小又俏,有加枣的,有不加枣的,摆在盘子里齐整可爱。

北平没有汤圆,只有"元宵"。到了元宵季节,街上有叫卖煮元宵的。袁世凯称帝时,曾一度禁称元宵,因与"袁消"二字音同,改称汤圆,可嗤也。

糯米团子加豆沙馅，名曰"爱窝"或"爱窝窝"。

黄米面做的"切糕"，有加红豆的，有加红枣的，卖时切成斜块，插以竹签。

菱角是小的好，所以北平小贩卖的是小菱角，有生有熟，用剪去刺，当中剪开。很少卖大的红菱者。

"老鸡头"即芡实。生者为刺囊状，内含芡实数十颗，熟者则为圆硬粒，须敲碎食其核仁。

供儿童以糖果的，从前是"打镗锣的"，后又有"卖梨糕的"，此外如"吹糖人的"，卖"糖杂面的"，都经常徘徊于街头巷尾。

"爬糕""凉粉"都是夏季平民食物，又酸又辣。

"驴肉"，听起来怪骇人的，其实切成大片瘦肉，也很好吃。是否有骆驼肉、马肉混在其中，我不敢说。

担着大铜茶壶满街跑的是卖"茶汤"的，用开水一冲，即可调成一碗茶汤，和铺子里的八宝茶汤或牛髓茶固不能比，但亦颇有味。

"油炸花生仁"是用马油炸的，特别酥脆。

北平"酸梅汤"之所以特别好，是因为使用冰糖，并加以玫瑰、木樨、桂花之类。信远斋最合标准，沿街叫卖的便徒有其名了，而且加上天然冰亦颇有碍卫生。卖酸梅汤的普遍兼带"玻璃粉"及小瓶用玻璃球做盖的汽水。"果子干"也是重要的一项副业，用杏干、柿饼、鲜藕煮成。"玫瑰枣"也很好吃。

冬天卖"糖葫芦"，裹麦芽糖或糖稀的不太好，蘸冰糖的才好吃。各种原料皆可制糖葫芦，唯以"山里红"为正宗。其他如海棠、山药、山药豆、杏干、核桃、荸荠、橘子、葡萄、金橘等均佳。北地苦寒，冬夜特别寂静，令人难忘的是那卖"水萝卜"的声音，"萝卜——赛梨——辣了换！"那红绿萝卜，多汁而甘脆，切得又好，对于北方煨在火炉旁边的人特别有沁人心脾之效。这等萝卜，别处没有。

有一种内空而瘪的小花生，大概是拣选出来的不够标准的花生，炒焦了之后，其味特香，远在白胖的花生之上，名曰"抓空儿"，亦冬夜的一种点缀。

夜深时往往听到沉闷而迟缓的"硬面饽饽"声，有光头、凸盖、镯子等，亦可充饥。

水果类则四季不绝的应世，诸如：三白的大西瓜、蛤蟆酥、羊角蜜、老头儿乐、鸭儿梨、小白梨、肖梨、糖梨、烂酸梨、沙果、苹果、虎拉车、杏、桃、李、山里红、柿子、黑枣、嘎嘎枣、老虎眼大酸枣、荸荠、海棠、葡萄、莲蓬、藕、樱桃、桑椹、槟子……不可胜举，都在沿门求售。

以上约略举说，只就记忆所及，挂漏必多。而且数十年来，北平也正在变动，有些小贩由式微而没落，也有些新的应运而生，比我长一辈的人所见所闻可能比我要丰富些，比我年轻的人可能遇到一些较新鲜而失去北平特色的事物。总而言之，北平是在向新颖而庸俗方面变，在零食小贩上即可窥见一斑。如今呢，胡尘涨宇，面目全非，这些小贩，还能保存一二与否，恐怕在不可知之数了。但愿我的回忆不是永远地成为回忆！

# 酸梅汤与糖葫芦

梁实秋

夏天喝酸梅汤，冬天吃糖葫芦，在北平是不分阶级人人都能享受的事。不过东西也有精粗之别。琉璃厂信远斋的酸梅汤与糖葫芦，特别考究，与其他各处或街头小贩所供应者大有不同。

徐凌霄《旧都百话》关于酸梅汤有这样的记载：

> 暑天之冰，以冰梅汤为最流行，大街小巷，干鲜果铺的门口，都可以看见"冰镇梅汤"四字的木檐横额。有的黄底黑字，甚为

工致，迎风招展，好似酒家的帘子一样，使过往的热人，望梅止渴，富于吸引力。昔年京朝大老、贵客雅流，有闲工夫，常常要到琉璃厂逛逛书铺，品品骨董，考考版本，消磨长昼。天热口干，辄以信远斋梅汤为解渴之需。

信远斋铺面很小，只有两间小小门面，临街是旧式玻璃门窗，拂拭得一尘不染，门楣上一块黑漆金字匾额，铺内清洁简单，道地北平式的装修。进门右手方有黑漆大木桶一，里面有一大白瓷罐，罐外周围全是碎冰，罐里是酸梅汤，所以名为冰镇。北平的冰是从什刹海或护城河挖取藏在窖内的，冰块里可以看见草皮木屑，泥沙秽物更不能免，是不能放在饮料里喝的。什刹海会贤堂的名件"冰碗"，莲蓬、桃仁、杏仁、菱角、藕都放在冰块上，食客不嫌其脏，真是不可思议。有人甚至把冰块放在酸梅汤里！信远斋的冰镇就高明多了。因为桶大罐小冰多，喝起来凉沁脾胃。他的酸梅汤的成功秘诀，是冰糖多、梅汁稠、水少，所以味浓而酽。上口冰凉，甜酸适度，含在嘴里如品纯醪，舍不得下咽。很少人能站在那里喝那一小碗而不再喝一碗的。抗战胜利还乡，我带孩子们到信远斋，我准许他们能喝多少碗都可以。他们连尽七碗方始罢休。我每次去喝，不是为解渴，是为解馋。我不知道为什么没有人动脑筋把信远斋的酸梅汤制为罐头行销各地，而一任"可口可乐"到处猖狂。

信远斋也卖酸梅卤、酸梅糕。卤冲水可以制酸梅汤，但是无论如何不能像站在那木桶旁边细啜那样有味。我自己在家也曾试做，在药铺买了乌梅，在干果铺买了大块冰糖，不惜工本，仍难如愿。信远斋掌柜姓萧，一团和气，我曾问他何以仿制不成。他回答得很妙："请您过来喝，别自己费事了。"

信远斋也卖蜜饯、冰糖子儿、糖葫芦。以糖葫芦为最出色。北平糖葫芦分三种。一种用麦芽糖，北平话是糖稀，可以做大串山里红的糖葫芦，可以长达五尺多。这种大糖葫芦，新年厂甸卖得最多。麦芽糖裹水杏儿（没长大的绿杏），很好吃，做糖葫芦就不见佳，尤其是山里红常是烂的或是带虫子屎。另一种用白糖和了粘上去，冷了之后白汪汪的一层霜，另有风味。正宗是冰糖葫芦，薄薄一层糖，透明雪亮。材料种类甚多，诸如海棠、山药、山药豆、杏干、葡萄、橘子、荸荠、核桃，但是以山里红为正宗。山里红，即山楂，北地盛产，味酸，裹糖则极可口。一般的糖葫芦皆用半尺来长的竹签，街头小贩所售，多染尘沙，而且品质粗劣。东安市场所售较为高级。但仍以信远斋所制为最精,不用竹签,每一颗山里红或海棠均单个独立,所用之果皆硕大无疵,而且干净,放在垫了油纸的纸盒中由客携去。

离开北平就没吃过糖葫芦,实在想念。近有客自北平来,说起糖葫芦,据称在北平这种不属于任何一个阶级的食物儿已绝迹。他说我们在台湾自己家里也未尝不可试做。台湾虽无山里红,其他水果种类不少,沾了冰糖汁,放在一块涂了油的玻璃板上,送入冰箱冷冻,岂不即可等着大嚼?他说他制成之后将邀我共尝,但是迄今尚无下文,不知结果如何。

# 栗　子

梁实秋

栗子以良乡的为最有名。良乡县在河北，北平的西南方，平汉铁路线上。其地盛产栗子。然栗树北方到处皆有，固不必限于良乡。

我家住在北平大取灯胡同的时候，小园中亦有栗树一株，初仅丈许，不数年高二丈以上，结实累累。果苞若刺猬，若老鸡头，遍体芒刺，内含栗两三颗。熟时不摘取则自行坠落，苞破而栗出。捣碎果苞取栗，有浆液外流，可做染料。后来我在崂山上看见过巨大的栗子树，高三丈以上，果苞落下狼藉满地，无人理会。

在北平，每年秋节过后，大街上几乎每一家干果子铺门外都支起一个大铁锅，翘起短短的一截烟囱，一个小利巴挥动大铁铲，翻炒栗子。不是干炒，是用沙炒，加上糖使沙结成大大小小的粒，所以叫作糖炒栗子。烟煤的黑烟扩散，哗啦哗啦的翻炒声，间或有栗子的爆炸声，织成一片好热闹的晚秋初冬的景致。孩子们没有不爱吃栗子的，几个铜板买一包，草纸包起，用麻茎儿捆上，热乎乎的，有时简直是烫手热，拿回家去一时舍不得吃完，藏在被窝垛里保温。

煮咸水栗子是另一种吃法。在栗子上切十字形裂口，在锅里煮，加盐。栗子是甜滋滋的，加上咸，别有风味。煮时不妨加些八角之类的香料。冷食热食均佳。

但是最妙的是以栗子做点心。北平西车站食堂是有名的西餐馆。所制"奶油栗子面儿"或称"奶油栗子粉"实在是一绝。栗子磨成粉，就好像花生粉一样，干松松的，上面浇大量奶油。所谓奶油就是打搅过的奶油（whipped cream）。用小勺取食，味妙无穷。奶油要新鲜，打搅要适度，打得不够稠固然不好吃，打过了头却又稀释了。东安市场的中兴茶楼和国强西点铺后来也仿制，工料不够水准，稍形逊色。北海仿膳之栗子面小窝头，我吃不出栗子味。

杭州西湖烟霞岭下翁家山的桂花是出名的，尤其是满家弄，不但桂花特别的香，而且桂花盛时栗子正熟，桂花煮栗子成了路边小店的无上佳品。徐志摩告诉我，每值秋后必去访桂，吃一碗煮栗子，认为是一大享受。有一年他去了，桂花被雨摧残净尽，他感而写了一首诗《这年头活着不易》。

十几年前在西雅图海滨市场闲逛，出得门来忽闻异香，遥见一意大利人推小车卖炒栗。论个卖——五角钱一个，我们一家六口就买了六颗，坐在车里分而尝之。如今我们这里到冬天也有小贩卖"良乡栗子"了。韩国进口的栗子大而无当，并且糊皮，不足取。

# 落花生

老 舍

我是个谦卑的人。但是,口袋里装上四个铜板的落花生,一边走一边吃,我开始觉得比秦始皇还骄傲。假若有人问我:"你要是作了皇上,你怎么享受呢?"简直的不必思索,我就答得出:"派四个大臣拿着两块钱的铜子,爱买多少花生吃就买多少!"

什么东西都有个幸与不幸。不知道为什么瓜子比花生的名气大。你说,凭良心说,瓜子有什么吃头?它夹你的舌头,塞你的牙,激起你的怒气——因为咬就碎,就是幸而没碎,也不过是那么小小的一片,不解饿,没味道,劳民伤财,布尔乔亚!你看落花生:大大方方的,浅白麻子,细腰,曲线美。这还只是看外貌。弄开看:一胎儿两个或者三个粉红的胖小子。脱去粉红的衫儿,象牙色的豆瓣一对对地抱着,上边儿还结着吻。那个光滑,那个水灵,那个香喷喷的,碰到牙上那个干松酥软!白嘴吃也好,就酒喝也好,放在舌上当槟榔含着也好。写文章的时候,三四个花生可以代替一支香烟,而且有益无损。

种类还多呢:大花生,小花生,大花生米,小花生米,糖饯的,炒的,煮的,炸的,各有各的风味,而都好吃。下雨阴天,煮上些小花生,放点盐;来四两玫瑰露;够作好几首诗的。瓜子可给诗的灵感?冬夜,早早地躺在被窝里,看着《水浒》,枕旁放着些花生米;花生米的香味,在舌上,在鼻尖;被窝里的暖气,武松打虎……这便是天国!冬天在路上,刮着冷风,或下着雪,袋里有些花生使你心中有了主儿;掏出一个来,剥了,慌忙往口中送,闭着嘴嚼,风或雪立刻不那么厉害了。况且,一个二十岁以上的人肯神仙似的,无忧无虑的,随随便便的,在街上一边走一边吃花生,这个人将来要是作了宰相或度支部尚书,他是不会有官僚气与贪财的。他若是作了皇上,必是朴俭温和直爽天真的一位皇上,没错。吃瓜子的照例不在街上走着吃，所以我不给他保这个险。

至于家中要是有小孩儿，花生简直比什么也重要。不但可以吃，而且能拿它们玩。夹在耳唇上当环子，几个小姑娘就能办很大的一回喜事。小男孩若找不着玻璃球儿，花生也可以当弹儿。玩法还多着呢。玩了之后，剥开再吃，也还不脏。两个大子儿的花生可以玩半天；给他们些瓜子试试。

论样子，论味道，栗子其实满有势派儿。可是它没有落花生那点家常的"自己"劲儿。栗子跟人没有交情，仿佛是。核桃也不行，榛子就更显着疏远。落花生在哪里都有人缘，自天子以至庶人都跟它是朋友；这不容易。

在英国，花生叫作"猴豆"——Monkey nuts。人们到动物园去才带上一包，去喂猴子。花生在这个国里真不算很光荣，可是我亲眼看见去喂猴子的人——小孩就更不用提了——偷偷地也往自己口中送这猴豆。花生和苹果好像一样的有点魔力，假如你知道苹果的典故；我这儿确是用着典故。

美国吃花生的不限于猴子。我记得有位美国姑娘，在到中国来的时候，把几只皮箱的空处都填满了花生，大概凑起来总够十来斤吧，怕是到中国吃不着这种宝物。美国姑娘都这样重看花生，可见它确是有价值；按照哥伦比亚的哲学博士的辩证法看,这当然没有误儿。

花生大概还跟婚礼有点关系,一时我可想不起来是怎么个办法了;不是新娘子在轿里吃花生,不是;反正是什么什么春吧——你可晓得这个典故?其实花轿里真放上一包花生米,新娘子未必不一边落泪一边嚼着。

原载一九三五年一月二十日《漫画生活》第五期

# 卖　糖

周作人

崔晓林著《念堂诗话》卷二中有一则云："《日知录》谓古卖糖者吹箫，今鸣金。予考徐青长诗，敲锣卖夜糖，是明时卖饧鸣金之明证也。"案此五字见《徐文长集》卷四，所云青长当是青藤或文长之误。原诗题曰《昙阳》，凡十首，其五云："何事移天竺，居然在太仓。善哉听白佛，梦已熟黄粱。托钵求朝饭，敲锣卖夜糖。"所咏当系王锡爵女事，但语颇有费解处，不佞亦只能取其末句，作为夜糖之一佐证而已，查范啸风著《越谚》卷中《饮食类》中，不见夜糖一语，即梨膏糖亦无，不禁大为失望。绍兴如无夜糖，不知小人们当更如何寂寞，盖此与炙糕二者实是儿童的恩物，无论野孩子与大家子弟都是不可缺少者也。夜糖的名义不可解，其实只是圆形的硬糖，平常亦称圆眼糖，因形似龙眼故。亦有尖角者，则称粽子糖。共有红白黄三色，每粒价一钱，若至大路口糖色店去买，每十粒只七八文即可，但此是三十年前价目，现今想必已大有更变了。梨膏糖每块须四文，寻常小孩多不敢问津，此外还有一钱可买者有茄脯与梅饼。以沙糖煮茄子，略晾干，卖糖人切为适当的长条，而不能无大小，小儿多较量择取之，是为茄脯。梅饼者，黄梅与甘草同煮，连核捣烂，范为饼如新铸一分铜币大，吮食之别有风味，可与青盐梅竞爽也。卖糖者大率用担，但非是肩挑，实只一筐，俗名桥篮。上列木匣，分格盛糖，盖以玻璃，有木架交叉如交椅，置篮其上，以待顾客。行则叠架夹胁下，左臂操筐，俗语曰桥。虚左手持一小锣，右手执木片如笏状，击之声镗镗然，此即卖糖之信号也。小儿闻之惊心动魄，殆不下于货郎之惊闺与唤娇娘焉。此锣却又与他锣不同，直径不及一尺，窄边，不系索，击时以一指抵边之内缘，与铜锣之提索及用锣槌者迥异，民间称之曰镗锣，第一字读如国音汤去声，盖形容其声如此。虽然亦是金属无疑，但小说上常见鸣金收军，则与此又截不相像，顾亭林云卖饧者今鸣金，原不能说错，若云笼统殆不能免，此则由于用古文之故，或者也不好单与顾君为难耳。

卖糕者多在下午，竹笼中生火，上置熬盘，红糖和米粉为糕，切片炙之，每片一文，亦有麻，大呼曰麻荷炙糕。荷者语助词，如萧老老公之荷荷，唯越语更带喉音，为他处所无。早上别有卖印糕者，糕上有红色吉利语。此外如蔡糖糕、茯苓糕、桂花年糕等亦具备。呼声则仅云卖糕荷，其用处似在供人人们做早点心吃，与炙糕之为小孩食品者又异。此种糕点来北京后便不能遇见，盖南方重米食，糕类以米粉为之，北方则几乎无一不面，情形自大不相同也。

小时候吃的东西，味道不必甚佳，过后思量每多佳趣，往往不能忘记。不佞之记得糖与糕，亦正由此耳。昔年读日本原公道著《先哲丛谈》，卷三有讲朱舜水的几节，其一云："舜水归化历年所，能和语，然及其病革也，遂复乡语，则侍人不能了解。"（原本汉文）不佞读之怆然有感。舜水所语盖是余姚话也，不佞虽是隔县当能了知，其意亦唯不佞可解。余姚亦当有饴糖与炙糕，惜舜水不曾说及，岂以说了也无人懂之故欤。但是我又记起《陶庵梦忆》来，其中亦不谈及，则更可惜矣。

廿七年二月廿五日，漫记于北平知堂

## 附记

《越谚》不记糖色，而糕类则稍有叙述，如印糕下注云："米粉为方形，上印彩粉文字，配馒头送喜寿礼。"又麻下云："糯粉，馅乌豆沙，如饼，炙食，担卖，多吃能杀人。"末五字近于赘，盖昔曾有人赌吃麻，因以致死，范君遂书之以为戒，其实本不限于麻一物，即鸡骨头糕干如多吃亦有害也。看一地方的生活特色，食品很是重要，不但是日常饭粥，即点心以至闲食，亦均有意义，只可惜少有人注意。本乡文人以为琐屑不足道，外路人又多轻饮食而着眼于男女，往往闹出《闲话扬州》似的事件。其实男女之事大同小异，不值得那么用心，倒还不如各种吃食尽有滋味，大可谈谈也。

廿八日又记

# 谈油炸鬼

周作人

刘廷玑著《在园杂志》卷一有一条云：

东坡云，谪居黄州五年，今日北行，岸上闻骡驮铎声，意亦欣然。铎声何足欣，盖久不闻而今得闻也。昌黎诗，照壁喜见蝎。蝎无可喜，盖久不见而今得见也。予由浙东观察副使奉命引见，渡黄河至工家营，见草棚下挂油炸鬼数枚。制以盐水和面，扭作两股如粗绳，长五六寸，丁热油中煠成黄色，味颇佳，俗名油炸鬼。予即丁马上取攸啖之，

183

路人及同行者无不匿笑，意以为如此鞍马仪从而乃自取自啖此物耶。殊不知予离京城赴浙省今十七年矣，一见河北风味不觉狂喜，不能自持，似与韩苏二公之意暗合也。

在园的意思我们可以了解，但说黄河以北才有油炸鬼却并不是事实。江南到处都有，绍兴在东南海滨，市中无不有麻花摊，叫卖麻花烧饼者不绝于道。范寅著《越谚》卷中"饮食门"云："麻花，即油炸桧，迄今代远，恨磨业者省工无头脸，名此。"案此言系油炸秦桧之，殆是望文生义，至同一癸音而曰鬼曰桧，则由南北语异，绍兴读鬼若举不若癸也。中国近世有馒头，其缘起说亦怪异，与油炸鬼相类，但此只是传说罢了。朝鲜权宁世编《支那四声字典》，第一七五 kuo 字项下注云："餜 kuo，正音。油餜子，小麦粉和鸡蛋，油煎拉长的点心。油炸餜，同上。但此一语北京人悉读作 kuei 音，正音则唯乡下人用之。"此说甚通，鬼桧二读盖即由餜转出。

明王思任著《谑庵文饭小品》卷三《游满井记》中云："卖饮食者邀诃好火烧，好酒，好大饭，好果子。"所云果子即油餜子，并不是频婆林禽之流，谑庵于此多用土话，邀诃亦即叱喝，作平声读也。

乡间制麻花不曰店而曰摊，盖大抵简陋，只两高凳架木板，于其上和面搓条，傍一炉可烙烧饼，一油锅炸麻花，徒弟用长竹筷翻弄，择其黄熟者夹置铁丝笼中，有客来买时便用竹丝穿了打结递给他。做麻花的手执一小木棍，用以摊擀湿面，却时时空敲木板，嘀嗒有声调，此为麻花摊的一种特色，可以代呼声，告诉人家正在开淘有火热麻花吃也。麻花摊在早晨也兼卖粥，米粒少而汁厚，或谓其加小粉，亦未知真假。平常粥价一碗三文，麻花一股二文，各取麻花折断放碗内，令盛粥其上，如《板桥家书》所说"双手捧碗缩颈而吸之，霜晨雪早，得此周身俱暖"，代价一共只要五文钱，名曰麻花粥。又有花十二文买一包蒸羊，用鲜荷叶包了拿来，放在热粥底下，略加盐花，别有风味，名曰羊肉粥，然而价增两倍，已不是寻常百姓的吃法了。

麻花摊兼做烧饼，贴炉内烤之，俗称洞里火烧。小时候曾见一种似麻花单股而细，名曰油龙，又以小块面油炸，任其自成奇形，名曰油老鼠，皆小儿食品，价各一文，辛亥年回乡便都已不见了。面条交错作"八结"形者曰巧果，二条缠圆木上如藤蔓，炸熟木自脱去，名曰佞缠。其最简单者两股稍粗，互扭如绳，长约寸许，一文一个，名油馓子。以上各物，《越谚》皆失载，孙伯龙著《南通方言疏证》卷四《释小食》中有"馓子"一项，注云："《州志》方言，馓子，油炸环饼也。"又引《丹铅总录》等云寒具今云曰馓子。

寒具是什么东西，我从前不大清楚。据《庶物异名疏》云："林洪《清供》云，寒具捻头也，以糯米粉和面麻油煎成，以糖食。据此乃油腻粘胶之物，故客有食寒具不濯手而污桓玄之书画者。"看这情形岂非是蜜供一类的物事乎？刘禹锡《寒具》诗乃云："纤手搓来玉数寻，碧油煎出嫩黄深。夜来春睡无轻重，压扁佳人缠臂金。"诗并不佳，取其颇能描写出寒具的模样，大抵形如北京西域斋制的奶油镯子，却用油煎一下罢了，至于和靖后人所说外面搽糖的或系另一做法。若是那么粘胶的东西，刘君恐亦未必如此说也。《和名类聚抄》引古字书云"糫饼，形如葛藤者也"，则与倭缠颇相像，巧果、油馓子又与"结果"及"捻头"近似，盖此皆寒具之一，名字因形而异，前诗所咏只是似环的那一种耳。麻花摊所制各物殆多系寒具之遗，在今日亦是最平民化的食物，因为到处皆有的缘故，不见得会令人引起乡思，我只感慨为什么为著述家所舍弃，那样地不见经传。刘在园、范啸风二君之记及油炸鬼真可以说是豪杰之士，我还想费些工夫翻阅近代笔记，看看有没有别的记录，只怕大家太热心于载道，无暇做这"玩物丧志"的勾当也。

**附记**

尤侗著《灵斋续说》卷八云："东坡云，谪居黄州五年，今日北行，岸上闻骡驮铎声，意亦欣然，盖不闻此声久矣。韩退之诗，照壁喜见蝎，此语真不虚也。予谓二老终是宦情中热，不忘长安之梦。若我久卧江湖，鱼鸟为侣，骡马鞭铎耳所厌闻，何如欸乃一声耶。京邪多蝎，至今谈虎色变，不意退之喜之如此，蝎且不避而况于臭虫乎。"西堂此语别有理解。东坡蜀人何乐北归，退之生于昌黎，喜蝎或有可原，唯此公大热中，故亦令人疑其非是乡情而实由于宦情耳。

廿四年十月七日记于北平

**补记**

张林西著《琐事闲录》正续各两卷，咸丰年刊。续编卷上有关于油炸鬼的一则云：

"油炸条面类如寒具，南北各省均食此点心，或呼果子，或呼为油胚，豫省又呼为麻糖，为油馍，即都中之油炸鬼也。鬼字不知当作何字。长晴岩观察臻云，应作桧字，当日秦桧既死，百姓怒不能释，因以面肖形炸而食之，日久其形渐脱，其音渐转，所以名为油炸鬼，语亦近似。"案此种传说各地多有，小时候曾听老妪们说过，今却出于旗员口中觉得更有意思耳。个人的意思则愿作"鬼"字解，稍有奇趣，若有所怨恨乃以面肖形炸而食之，此种民族性殊不足嘉尚也。秦长脚即极恶，总比刘豫、张邦昌以及张弘范较胜一筹吧，未闻有人炸吃诸人，何也？我想这骂秦桧的风气是从《说岳》及其戏文里出来的。士大夫论人物，骂秦桧也骂韩侂胄更是可笑的事，这可见中国读书人之无是非也。

民国廿四年十二月廿八日补记

# 羊肝饼

周作人

有一件东西，是本国出产的，被运往外国经过四五百年之久，又运了回来，却换了别一个面貌了。这在一切东西都是如此，但在吃食有偏好关系的物事，尤其显著，如有名茶点的"羊羹"，便是最好的一例。

"羊羹"这名称不见经传，一直到近时北京仿制，才出现市面上。这并不是羊肉什么做的羹，乃是一种净素的食品，系用小豆做成细馅，加糖精制而成，凝结成块，切作长物，所以实事求是，理应叫作"豆沙糖"才是正办。但是这在日本（因为这原是日本仿制的食品）一直是这样写，他们也觉得费解，加以说明，最近理的一种说法是，这种豆沙糖在中国本来叫作羊肝饼，因为饼的颜色相像，传到日本，不知因何传讹，称为羊羹了。虽然在中国查不出羊肝饼的故典，未免缺恨，不过唐朝时代的点心有哪几种，至今也实难以查清，所以最好承认，算是合理的说明了。

传授中国学问技术去日本的人，是日本的留学僧人，他们于学术之外，还把些吃食东西传过去。羊肝饼便是这些和尚带回去的食品，在公历十五世纪"茶道"发达时代，便开始作为茶点而流行起来。在日本文化上有一种特色，便是"简单"，在一样东西上精益求精的干下来，在吃食上也有此风，于是便有一家专做羊肝饼（羊羹）的店，正如做昆布（海带）的也有专门店一样。结果是"羊羹"大大的有名，有纯粹豆沙的，这是正宗，也有加栗子的，或用柿子做的，那是旁门，不足重了。现在说起日本茶食，总第一要提出"羊羹"，不知它的祖宗是在中国，不过一时无可查考罢了。

近时在中国市场上，又查着羊肝饼的子孙，仍旧叫作"羊羹"，可是已经面目全非，——因为它已加入西洋点心的队伍里去了。它脱去了"简单"的特别衣服，换上了时髦装束，做成"奶油""香草",各种果品的种类。我希望它至少还保留一种,有小豆的清香的纯豆沙的羊羹,熬得久一点,可以经久不变,却不可复得了。倒是做冰棍(上海叫棒冰)的在各式花样之中,有一种小豆的,用豆沙做成,很有点羊肝饼的意思,觉得是颇可吃得,何不利用它去制成一种可口的吃食呢。

原载《新民报晚刊》一九五七年八月一日

# 五

## 谈吃偶感

# 吃食和文学

汪曾祺

## 咸菜和文化

偶然和高晓声谈起"文化小说",晓声说:"什么叫文化?——吃东西也是文化。"我同意他的看法。这两天自己在家里腌韭菜花,想起咸菜和文化。

咸菜可以算是一种中国文化。西方似乎没有咸菜。我吃过"洋泡菜",那不能算咸菜。日本有咸菜,但不知道有没有中国这样盛行。"文革"前,《福建日报》登过一则猴子腌咸菜的新闻,一个新华社归侨记者用此材料写了一篇对外的特稿:

"猴子会腌咸菜吗？"被批评为"资产阶级新闻观点"。——为什么这就是资产阶级新闻观点呢？猴子腌咸菜，大概是跟人学的。于此可以证明咸菜在中国是极为常见的东西。中国不出咸菜的地方大概不多。各地的咸菜各有特点，互不雷同。北京的水疙瘩、天津的津冬菜、保定的春不老。"保定有三宝，铁球、面酱、春不老"，我吃过苏州的春不老，是用带缨子的很小的萝卜腌制的，腌成后寸把长的小缨子还是碧绿的，极嫩，微甜，好吃，名字也起得好。保定的春不老想也是这样的。周作人曾说他的家乡经常吃的是咸极了的咸鱼和咸极了的咸菜。鲁迅《风波》里写的蒸得乌黑的干菜很诱人。腌雪里蕻南北皆有。上海人爱吃咸菜肉丝面和雪笋汤。云南曲靖的韭菜花风味绝佳。曲靖韭菜花的主料其实是细切晾干的萝卜丝，与北京作为吃涮羊肉的调料的韭菜花不同。贵州有冰糖酸，乃以芥菜加醪糟、辣子腌成。四川咸菜种类极多，据说必以自流井的粗盐腌制乃佳。行销全国（真是"行销"），远至海外（有华侨的地方），堪称咸菜之王的，应数榨菜。朝鲜辣菜也可以算是咸菜。延边的腌蕨菜北京偶有卖的，人多不识。福建的黄萝卜很有名，可惜未曾吃过。我的家乡每到秋末冬初，多数人家都腌萝卜干。到店铺里学徒，要"吃三年萝卜干饭"，言其缺油水也。中国咸菜多矣，此不能备载。如果有人写一本《咸菜谱》，将是一本非常有意思的书。

咸菜起于何时，我一直没有弄清楚。古书里有一个"菹"字，我少时曾以为是咸菜。后来看《说文解字》，菹字下注云："酢菜也。"不对了。汉字凡从酉者，都和酒有点关系。酢菜现在还有。昆明的"茄子酢"、湖南乾城的"酢辣子"，都是密封在坛子里使之酒化了的，吃起来都带酒香。这不能算是咸菜。有一个字，则确乎是咸菜了。这是切碎了腌的。这东西的颜色是发黄的，故称"黄"。腌制得法，"色如金钗股"云。我无端地觉得，这恐怕就是酸雪里蕻。似乎不是很古的东西。这个字的大量出现好像是在宋人的笔记和元人的戏曲里。这是穷秀才和和尚常吃的东西。"黄"成了嘲笑秀才和和尚，亦为秀才和和尚自嘲的常用的话头。中国咸菜之多、制作之精，我以为跟佛教有一点关系。佛教徒不茹荤，又不一定一年四季都能吃到新鲜蔬菜，于是就在咸菜上打主意。我的家乡腌咸菜腌得最好的是尼姑庵。尼姑到相熟的施主家去拜年，都要备几色咸菜。关于咸菜的起源，我在看杂书时还要随时留心，并希望博学而好古的馋人有以教我。

和咸菜相伯仲的是酱菜。中国的酱菜大别起来，可分为北味的与南味的两类。北味的以北京为代表。六必居、天源、后门的"大葫芦"都很好。——"大葫芦"门悬大葫芦为记，现在好像已经没有了。保定酱菜有名，但与北京酱菜区别实不大。南味的以扬州酱菜为代表，商标为"三和四美"。北方酱菜偏咸，南则偏甜。中国好像什么东西都可以拿来酱。萝卜、瓜、莴苣、蒜苗、甘露、藕，乃至花生、核桃、杏仁，无不可酱。北京酱菜里有酱银苗，我到现在还不知道究竟是什么东西。只有荸荠不能酱。我的家乡不兴到酱油园里开口说买酱荸荠，那是骂人的话。

酱菜起于何时，我也弄不清楚。不会很早。因为制酱菜有个前提，必得先有酱，——豆制的酱。酱——酱油，是中国一大发明。"柴米油盐酱醋茶"，酱为开门七事之一。中国菜多数要放酱油。西方没有。有一个京剧演员出国，回来总结了一条经验，告诫同行，以后若有出国机会，必须带一盒固体酱油！没有郫县豆瓣，就做不出"正宗川味"。但是中国古代的酱和现在的酱不同，是发酵的肉酱。《周礼·天官·膳夫》"凡王之馈，酱用百有二十瓮"，郑玄注："酱，谓醯醢也。"醯、醢，都是肉酱。大概较早出现的是豉，其后才有现在的酱。汉代著作中提到的酱好像已是豆制的。东汉王充《论衡》"作豆酱恶闻雷",明确提到豆酱。《齐民要术》提到酱油,但其时已至北魏,距现在一千五百多年——当然,这也相当古了。酱菜的起源,我现在没有查出来,俟诸异日吧。

考察咸菜和酱菜的起源,我不反对,而且颇有兴趣。但是,也不一定非得寻出它的来由不可。

"文化小说"的概念颇含糊。小说重视民族文化,并从生活的深层追寻某种民族文化的"根",我以为是未可厚非的。小说要有浓郁的民族色彩,不在民族文化里腌一腌、酱一酱,是不成的,但是不一定非得寻得那么远,非得追寻到一种苍苍莽莽的古文化不可。古文化荒邈难稽(连咸菜和酱菜的来源我们还不清楚)。寻找古文化,是考古学家的事,不是作家的事。从食品角度来说,与其考察太子丹请荆轲吃的是什么,不如追寻一下"春不老";与其查究楚辞里的"蕙肴蒸",不如品味湖南豆豉;与其追溯断发文身的越人怎样吃蛤蜊,不如蒸一碗霉干菜,喝两杯黄酒。我们在小说里要表现的文化,首先是现在的,活着的;其次是昨天的,消逝不久的。理由很简单,因为我们可以看得见、摸得着、尝得出、想得透。

一九八六年九月十一日

## 口味·耳音·兴趣

我有一次买牛肉。排在我前面的是一个中年妇女,看样子是个知识分子,南方人。轮到她了,她问卖牛肉的:"牛肉怎么做?"我很奇怪,问:"你没有做过牛肉?"——"没有。我们家不吃牛羊肉。"——"那您买牛肉——?"——"我的孩子大了,他们会到外地去。我让他们习惯习惯,出去了好适应。"这位做母亲的用心良苦。我于是尽了一趟义务,把她请到一边,讲了一通牛肉做法,从清炖、红烧、咖喱牛肉,直到广东的蚝油炒牛肉、四川的水煮牛肉、干煸牛肉丝……

有人不吃羊肉。我们到内蒙去体验生活。有一位女同志不吃羊肉,——闻到羊肉味都恶心,这可苦了。她只好顿顿吃开水泡饭,吃咸菜。看见我吃手抓羊肉、羊贝子(全羊)吃得那样香,直生气!

有人不吃辣椒。我们到重庆去体验生活。有几个女演员去吃汤圆,进门就嚷嚷:"不要辣椒!"卖汤圆的冷冷地说:"汤圆没有放辣椒的!"

许多东西不吃,"下去",很不方便。到一个地方,听不懂那里的话,也很麻烦。

我们到湘鄂赣去体验生活。在长沙,有一个同志的鞋坏了,去修鞋,鞋铺里不收。"为什么?"——"修鞋的不好过。"——"什么?"——"修鞋的不好过!"我只得给他翻译一下,告诉他修鞋的今天病了,他不舒服。上了井冈山,更麻烦了:井冈山说的是客家话。我们听一位队长介绍情况,他说这里没有人肯当干部,他挺身而出,他老婆反对,说是"辣子毛补,两头秀腐"——"什么什么?"我又得给他翻译:"辣椒没有营养,吃下去两头受苦。"这样一翻译可就什么味道也没有了。

我去看昆曲,"打虎游街""借茶活捉"……好戏。小丑的苏白尤其传神,我听得津津有味,不时发出笑声。邻座是一个唱花旦的京剧女演员,她听不懂,直着急,老问:"他说什么?说什么?"我又不能逐句翻译,她很遗憾。

我有一次到民族饭店去找人,身后有几个少女在叽叽呱呱地说很地道的苏州话。一边的电梯来了,一个少女大声招呼她的同伴:"乘面乘面(这边这边)!"我回头一看:说苏州话的是几个美国人!

我们那位唱花旦的女演员在语言能力上比这几个美国少女可差多了。

一个文艺工作者、一个作家、一个演员的口味最好杂一点，从北京的豆汁到广东的龙虱都尝尝（有些吃的我也招架不了，比如贵州的鱼腥草）；耳音要好一些，能多听懂几种方言，四川话、苏州话、扬州话（有些话我也一句不懂，比如温州话）。否则，是个损失。

口味单调一点、耳音差一点，也还不要紧，最要紧的是对生活的兴趣要广一点。

一九八六年八月十二日

## 苦瓜是瓜吗？

昨天晚上，家里吃白兰瓜。我的一个小孙女，还不到三岁，一边吃，一边说："白兰瓜、哈密瓜、黄金瓜、华莱士瓜、西瓜，这些都是瓜。"我很惊奇了：她已经能自己经过归纳，形成"瓜"的概念了（没有人教过她）。这表示她的智力已经发展到了一个重要的阶段。凭借概念，进行思维，是一切科学的基础。她奶奶问她："黄瓜呢？"她点点头。"苦瓜呢？"她摇摇头。我想：她大概认为"瓜"是可吃的，并且是好吃的（这些瓜她都吃过）。今天早起，又问她："苦瓜是不是瓜？"她还是坚决地摇了摇头,并且说明她的理由:"苦瓜不像瓜。"我于是进一步想:我对她的概念的分析是不完全的。原来在她的"瓜"概念里除了好吃不好吃,还有一个像不像的问题(苦瓜的表皮疙里疙瘩的,也确实不大像瓜)。我翻了翻《辞海》,看到苦瓜属葫芦科。那么,我的孙女认为苦瓜不是瓜,是有道理的。我又翻了翻《辞海》的"黄瓜"条:黄瓜也是属葫芦科。苦瓜、黄瓜习惯上都叫做瓜;而另一种很"像"是瓜的东西,在北方却称之为"西葫芦"。瓜乎?葫芦乎?苦瓜是不是瓜呢?我倒糊涂起来了。

前天有两个同乡因事到北京,来看我。吃饭的时候,有一盘炒苦瓜。同乡之一问:"这是什么?"我告诉他是苦瓜。他说:"我倒要尝尝。"夹了一小片入口:"乖乖!真苦啊!——这个东西能吃?为什么要吃这种东西?"我说:"酸甜苦辣咸,苦也是五味之一。"他说:"不错!"我告诉他们这就是癞葡萄。另一同乡说:"'癞葡萄',那我知道的。癞葡萄能这个吃法?"

"苦瓜"之名,我最初是从石涛的画上知道的。我家里有不少有正书局珂罗版印的画集,其中石涛的画不少。我从小喜欢石涛的画。石涛的别号甚多,除石涛外有释济、清湘道人、大涤子、瞎尊者和苦瓜和尚。但我不知道苦瓜为何物。到了昆明，一看：哦，原来就是癞葡萄！我的大伯父每年都要在后园里种几棵癞葡萄，不是为了吃，是为了成熟之后摘下来装在盘子里看着玩的。有时也剖开一两个，挖出籽儿来尝尝。有一点甜味，并不好吃。而且颜色鲜红，如同一个一个血饼子，看起来很刺激，也使人不敢吃它。当作菜，我没有吃过。有一个西南联大的同学，是个诗人，他整了我一下子。我曾经吹牛，说没有我不吃的东西。他请我到一个小饭馆吃饭，要了三个菜：凉拌苦瓜、炒苦瓜、苦瓜汤！我咬咬牙，全吃了。从此，我就吃苦瓜了。

苦瓜原产于印度尼西亚，中国最初种植是在广东、广西。现在，云南、贵州都有。据我所知，最爱吃苦瓜的似是湖南人。有一盘炒苦瓜，——加青辣椒、豆豉，少放点猪肉，湖南人可以吃三碗饭。石涛是广西全州人，他从小就是吃苦瓜的，而且一定很爱吃。"苦瓜和尚"这别号可能有一点禅机，有一点独往独来、不随流俗的傲气，正如他叫"瞎尊者"，其实并不瞎，但也可能是一句实在话。石涛中年流寓南京，晚年久住扬州。南京人、扬州人看见这个和尚拿癞葡萄炒了吃，一定会觉得非常奇怪的。

北京人过去是不吃苦瓜的。菜市场偶尔有苦瓜卖,是从南方运来的,买的人也都是南方人。近二年来,北京人也有吃苦瓜的了,有人还很爱吃。农贸市场卖的苦瓜都是本地的菜农种的,所以格外鲜嫩。看来人的口味是可以改变的。

由苦瓜我想到几个有关文学创作的问题:

一、应该承认苦瓜也是一道菜。谁也不能把苦从五味里开除出去。我希望评论家、作家——特别是老作家,口味要杂一点,不要偏食,不要对自己没有看惯的作品轻易地否定、排斥。不要像我的那位同乡一样,问道:"这个东西能吃?为什么要吃这种东西?"提出"这样的作品能写?为什么要写这样的作品?"我希望他们能习惯类似苦瓜一样的作品,能吃出一点味道来,如现在的某些北京人。

二、《辞海》说苦瓜"未熟嫩果作蔬菜,成熟果瓤可生食"。对于苦瓜,可以各取所需,愿吃皮的吃皮,愿吃瓤的吃瓤。对于一个作品,也可以见仁见智。可以探索其哲学意蕴,也可以踪迹其美学追求。北京人吃凉拌芹菜,只取嫩茎,西餐馆做罗宋汤则专要芹菜叶。人弃人取,各随尊便。

三、一个作品算是现实主义的也可以,算是现代主义的也可以,只要它真是一个作品。作品就是作品。正如苦瓜,说它是瓜也行，说它是葫芦也行，只要它是可吃的。苦瓜就是苦瓜。——如果不是苦瓜，而是狗尾巴草，那就另当别论。截至现在为止，还没有人认为狗尾巴草很好吃。

一九八六年九月六日

# 吃 菜

周作人

偶然看书讲到民间邪教的地方，总常有吃菜事魔等字样。吃菜大约就是素食，事魔是什么事呢？总是服侍什么魔王之类罢。我们知道希腊诸神到了基督教世界多转变为魔，那么魔有些原来也是有身份的，并不一定怎么邪曲，不过随便地事也本可不必，虽然光是吃菜未始不可以，而且说起来我也还有点赞成。本来草的茎叶根实只要无毒都可以吃，又因为有维他命某，不但充饥还可养生，这是普通人所熟知的。至于专门地或有宗旨地吃，那便有点儿不同，仿佛是一种主义了。

现在我所想要说的就是这种吃菜主义。

吃菜主义似乎可以分作两类。第一类是道德的。这派的人并不是不吃肉，只是多吃菜，其原因大约是由于崇尚素朴清淡的生活。孔子云："饭疏食，饮水，曲肱而枕之，乐亦在其中矣。"可以说是这派的祖师。《南齐书·周颙传》云："颙清贫寡欲，终日长蔬食。文惠太子问颙菜食何味最胜，颙曰：'春初早韭，秋末晚菘。'"黄山谷题画菜云："不可使士大夫不知此味，不可使天下之民有此色。"——当作文章来看实在不很高明，大有帖括的意味，但如算作这派提倡咬菜根的标语却是颇得要领的。李笠翁在《闲情偶寄》卷五说：

> 声音之道，丝不如竹，竹不如肉，为其渐近自然，吾谓饮食之道，脍不如肉，肉不如蔬，亦以其渐近自然也。草衣木食，上古之风，人能疏远肥腻，食蔬蕨而甘之，腹中菜园不使羊来踏破，是犹作羲皇之民，鼓唐虞之腹，与崇尚古玩同一致也。所怪于世者，弃美名不居，而故异端其说，谓佛法如是，是则谬矣。吾辑《饮馔》一卷，后肉食而首蔬菜，一以崇俭，一以复古，至重宰割而惜生命，又其念兹在兹而不忍或

忘者矣。

笠翁照例有他的妙语,这里也是如此,说得很是清脆。虽然照文化史上讲来吃肉该在吃菜之先,不过笠翁不及知道,而且他又哪里会来斤斤地考究这些事情呢。

吃菜主义之二是宗教的,普通多是根据佛法,即笠翁所谓异端其说者也。我觉得这两类显有不同之点,其一吃菜只是吃菜,其二吃菜乃是不食肉。笠翁上文说得蛮好,而下面所说念兹在兹的却又混到这边来,不免与佛法发生纠葛了。小乘律有杀戒而不戒食肉,盖杀生而食已在戒中,唯自死鸟残等肉仍在不禁之列,至大乘律始明定食肉戒,如《梵网经》菩萨戒中所举,其辞曰:"若佛子故食肉——一切众生肉不得食:夫食肉者断大慈悲佛性种子,一切众生见而舍去。是故一切菩萨不得食一切众生肉,食肉得无量罪——若故食者,犯轻垢罪。"贤首疏云:"轻垢者,简前重戒,是以名轻,简异无犯,故亦名垢。又释,渎污清净行名垢,礼非重过称轻。"因为这里没有把杀生算在内,所以算是轻戒,但话虽如此,据《目莲问罪报经》所说,犯突吉罗众学戒罪,如四天王寿,五百岁堕泥犁中,于人间数九百千岁,此堕等活地狱,人间五十年为天一昼夜，可见还是不得了也。

我读《旧约·利未记》，再看大小乘律，觉得其中所说的话要合理得多，而上边食肉戒的措辞我尤为喜欢，实在明智通达，古今莫及。《入楞伽经》所论虽然详细，但仍多为粗恶凡人说法，道世在《诸经要集》中《酒肉部》所述亦复如是，不要说别人了。后来讲戒杀的大抵偏重因果一端，写得较好的还是莲池的《放生文》和周安士的《万善先资》，文字还有可取。其次《好生救劫编》《卫生集》等，自郐以下更可以不论，里边的意思总都是人吃了虾米再变虾米去还吃这一套，虽然也好玩，难免是幼稚了。我以为菜食是为了不食肉，不食肉是为了不杀生，这是对的，再说为什么不杀生，那么这个解释我想还是说不欲断大慈悲佛性种子最为得体，别的总说得支离。众生有一人不得度的时候自己决不先得度，这固然是大乘菩萨的宏愿，但凡夫到了中年，往往会看轻自己的生命而尊重人家的，并不是怎么奇特的现象。难道肉体渐近老衰，精神也就与宗教接近么？未必然，这种态度有的从宗教出，有的也会从唯物论出的。或者有人疑心唯物论者一定是主张强食弱肉的，却不知道也可以成为大慈悲宗，好像是《安士全书》信者，所不同的他是本于理性，没有人吃虾米那些律例而已。

据我看来，吃菜亦复佳，但也以中庸为妙，赤米、白盐、绿葵、紫蓼之外，偶然也不妨少进三净肉，如要讲净素已不容易，再要彻底便有碰壁的危险。《南齐书·孝义传》纪江泌事，说他"食菜不食心，以其有生意也"，觉得这件事很有风趣，但是离彻底总还远呢。英国柏忒勒（Samuel Butler）所著《有何无之乡游记》（*Erewhon*）中第二十六七章叙述一件很妙的故事，前章题曰《动物权》，说古代有哲人主张动物的生存权，人民实行菜食，当初许可吃牛乳鸡蛋，后来觉得挤牛乳有损于小牛，鸡蛋也是一条可能的生命，所以都禁了，但陈鸡蛋还勉强可以使用，只要经过检查，证明确已陈年臭坏了，贴上一张"三个月以前所生"的查票，就可发卖。次章题曰《植物权》，已是六七百年过后的事了。那时又出了一个哲学家，他用实验证明植物也同动物一样地有生命，所以也不能吃。据他的意思，人可以吃的只有那些自死的植物，例如落在地上将要腐烂的果子，或在深秋变黄了的菜叶。他说只有这些同样的废物，人们可以吃了于心无愧。"即使如此，吃的人还应该把所吃的苹果或梨的核、杏核、樱桃核及其他，都种在土里，不然他就将犯了堕胎之罪。至于五谷，据他说那是全然不成，因为每颗谷都有一个灵魂，像人一样，他也自有其同样地要求安全之权利。"结果是大家不能不承认他的理论，但是又苦于难以实行，逼得没法了便索性开了荤，仍旧吃起猪排、牛排来了。这是讽刺小说的话，我们不必认真，然而天下事却也有偶然暗合的，如《文殊师利问经》云："若为己杀，不得啖。若肉林中已自腐烂，欲食得食。若欲啖肉者，当说此咒：如是，无我无我，无寿命无寿命，失失，烧烧，破破，有为，除杀去。此咒三说，乃得啖肉，饭亦不食。何以故？若思唯饭不应食，何况当啖肉。"这个吃肉林中腐肉的办法岂不与陈鸡蛋很相像，那么烂果子、黄菜叶也并不一定是无理，实在也只是比不食菜心更彻底一点罢了。

二十年十一月十八日于北平

# 宴之趣

郑振铎

虽然是冬天,天气却并不怎么冷,雨点淅淅沥沥地滴个不已。灰色云是弥漫着,火炉的火是熄下了,在这样的秋天似的天气中,生了火炉未免是过于燠暖了。家里一个人也没有,他们都出外"应酬"去了。独自在这样的房里坐着,读书的兴趣也引不起,偶然地把早晨的日报翻着,翻着,看看它的广告,忽然想起去看《Merry Widow》吧。于是独自上了电车,到派克路跳下了。

在黑漆的影戏院中,乐队悠扬地奏着乐,白幕上的黑影,坐着,立着,追着,哭着,笑着,愁着，怒着，恋着，失望着，决斗着，那还不是那一套，他们写了又写，演了又演的那一套故事。

但至少，我是把一句话记住在心上了：

"有多少次，我是饿着肚子从晚餐席上跑开了。"

这是一句隽妙无比的名句，借来形容我们宴会无虚日的交际社会，真是很确切的。

每一个商人、每一个官僚、每一个略略交际广了些的人，差不多他们的每一个黄昏，都是消磨在酒楼菜馆之中的。有的时候，一个黄昏要赶着去赴三四处的宴会。这些忙碌的交际者真是妓女一样，在这里坐一坐，就走开了，又赶到另一个地方去了。在那一个地方又只略坐一坐，又赶到再一个地方去了。他们的肚子定是不会饱的，我想。有几个这样的交际者，当酒阑灯灺，应酬完毕之后，定是回到家中，叫底下人烧了稀饭来填补空肠的。

我们在广漠繁华的上海，简直是一个村气十足的"乡下人"。我们住的是乡下，到"上海"去一趟是不容易的，我们过的是乡间的生活，一月中难得有几个黄昏是在"应酬"场中度过的。有许多人也许要说我们是"孤介"，那是很清高的一个名词。但我们实在不是如此，我们不过是不惯征逐于酒肉之场，始终保持着不大见世面的"乡下人"的色彩而已。

偶然的有几次，承一二个朋友的好意，邀请我们去赴宴。在座的至多只有三四个熟人，那一半生客，还要主人介绍或自己去请教尊姓大名，或交换名片，把应有的初见面的应酬的话讷讷地说完了之后，便默默的相对无言了。说的话都不是有着落，都不是从心里发出的；泛泛的，是几个音声，由喉咙头溜到口外的而已。过后自己想起那样的敷衍的对话，未免要为之失笑。如此的，说是一个黄昏在繁灯絮语之宴席上度过了，然而那是如何没有生趣的一个黄昏呀？

有几次，席上的生客太多了，除了主人之外，没有一个是认识的；请教了姓名之后，也随即忘记了。除了和主人说几句话之外，简直无从和他们谈起。不晓得他们是什么行业，不晓得他们是什么性质的人，有话在口头也不敢随意地高谈起来。那一席宴，真是如坐针毡；精美的羹菜，一碗碗地捧上来，也不知是什么味儿。终于忍不住了，只好向主人撒一个谎，说身体不大好过，或说是还有应酬，一定要去的。——如果在谣言很多的这几天当然是更好的托词了，说我怕戒严提早，要被留在华界之外——虽然这是礼貌的，不大应该的，虽然主人是照例的殷勤地留着，然而我却不顾一切地不得不走了。这个黄昏实在是太难挨得过去了！回到家里以后，买了一碗稀饭，即使只有一小盏萝卜干下稀饭，反而觉得舒畅，有意味。

如果有什么友人做喜事，或寿事，在某某花园，某某旅社的大厅里，大张旗鼓地宴客，不幸我们是被邀请了，更不幸我们是太熟的友人，不能不到，也不能道完了喜或拜完了寿，立刻就托词溜走的，于是这又是一个可怕的黄昏。常常睁大了两眼，在寻找熟人，好容易找到了，一定要紧紧地和他们挤在一起，不敢失散。到了坐席时，便至少有两三人在一块儿可以谈谈了，不至于一个人独自局促在一群生面孔的人当中，惶恐而且空虚。当我们两三个人在津津地谈着自己的事时，偶然抬起眼来看着对面的一个坐客，他是凄然无侣地坐着；大家酒杯举了，他也举着；菜来了，一个人说"请，请"，同时把牙箸伸到盘边，他也说"请，请"，也同样地把牙箸伸出。除了吃菜之外，他没有目的。菜完了，他便局促地独坐着。我们见了他，总要代他难过，然而他终于能够终了席方才起身离座。

宴会之趣味如果仅是这样的，那么，我们将咒诅那第一个发明请客的人；喝酒的趣味如果仅是这样的，那末，我们也将打倒杜康与狄奥尼修士了。

然而又有的宴会却幸而并不是这样的；我们也还有别的可

以引起喝酒的趣味的环境。

独酌，据说，那是很有意思的。我少时，常见祖父一个人执了一把锡的酒壶，把黄色的酒倒在白磁小杯里，举了杯独酌着；喝了一小口，真正一小口，便放下了，又拿起筷子来夹菜。因此，他食得很慢，大家的饭碗和碗都已放下了，且已离座了，而他却还在举着酒杯，不匆不忙地喝着。他的吃饭，尚在再一个半点钟之后呢。而他喝着酒，颜微酡着，常常叫道："孩子，来。"而我们便到了他的跟前。他夹了一块只有他独享着的菜蔬放在我们口中，问道："好吃么？"我们往往以点点头答之。在孙男与孙女中，他特别喜欢我，叫我前去的时候尤多。常常的，他把有了短髭的嘴吻着我的面颊，微微有些刺痛，而他的酒气从他的口鼻中直喷出来。这是使我很难受的。

这样的，他消磨过了一个中午和一个黄昏。天天都是如此。我没有享受过这样的乐趣，然而回想起来，似乎他那时是非常的高兴，他是陶醉着，为快乐的雾所围着，似乎他的沉重的忧郁都从心上移开了，这里便是他的全个世界，而全个世界也便是他的。

别一个宴之趣，是我们近几年所常常领略到的，那就是集合了好几个无所不谈的朋友，全座没有一个生面孔，在随意的喝着酒，吃着菜，上天下地地谈着。有时说着很轻妙的话，说着很可发笑的话，有时是如火如剑的激动的话，有时是深切的论学谈艺的话，有时是随意地取笑着，有时是面红耳热地争辩着，有时是高妙的理想在我们的谈锋上触着，有时是恋爱的遇合与家庭的和个人的身世使我们谈个不休。每个人都把他的心胸赤裸裸地袒开了，每个人都把他的向来不肯给人看的面孔显露出来了；每个人都谈着，谈着，谈着，只有更兴奋地谈着，毫不觉得"疲倦"是怎么一个样子。酒是喝得干了，菜是已经没有了，而他们却还是谈着，谈着，谈着。那个地方，即使是很喧闹的，很湫狭的，向来所不愿意多坐的，而这时大家却都忘记了这些事，只是谈着，谈着，谈着，没有一个人愿意先说起告别的话。要不是为了戒严或家庭的命令，竟不会有人想走开的。虽然这些闲谈都是琐屑之至的，都是无意味的，而我们却已在其间得到宴之趣了——其实在这些闲谈中，我们是时时可发现许多珠宝的，大家都互相地受着影响，大家都更进一步了解他的同伴，大家都可以从那里得到些教益与利益。

"再喝一杯，只要一杯，一杯。"

"不，不能喝了，实在的。"

不会喝酒的人每每这样的被强迫着而喝了过量的酒。面部红红的，映在灯光之下，是向来所未有的壮美的风采。

"圣陶，干一杯，干一杯"，我往往的举起杯来对着他说，我是很喜欢一口一杯的喝酒的。

"慢慢的，不要这样快，喝酒的趣味，在于一小口一小口的喝，不在于'干杯'。"圣陶反抗似的说，然而终于他是一口干了，一杯又是一杯。

连不会喝酒的愈之、雁冰，有时，竟也被我们强迫的干了一杯。于是大家哄然的大笑，是发出于心之绝底的笑。

再有，佳年好节，合家团团的坐在一桌上，放了十几双的红漆筷子，连不在家中的人也都放着一双筷子，都排着一个座位。小孩子笑孜孜地闹着吵着，母亲和祖母温和地笑着，妻子忙碌着，指挥着厨房中厅堂中仆人们做菜、端菜，那也是特有一种融融泄泄的乐趣，为孤独者所妒羡不止的，虽然并没有和同伴们同在时那样的宴之趣。

还有，一对恋人独自在酒店的密室中晚餐；还有，从戏院中偕了妻子出来，同登酒楼喝一二杯酒；还有，伴着祖母或母亲在熊熊的炉火旁边，放了几盏小菜，闲吃着消夜的酒，那都是使身临其境的人心醉神怡的。

宴之趣是如此的不同呀！

# 咬菜根

朱 湘

"咬得菜根,百事可作。"这句成语,便是我们祖先留传下来,教我们不要怕吃苦的意思。

还记得少年的时候,立志要做一个轰轰烈烈的英雄,当时不知在哪本书内发现了这句格言,于是拿起案头的笔,将它恭楷抄出,粘在书桌右方的墙上,并且在胸中下了十二分的决心,在中饭时候,一定要牺牲别样的菜不吃,而专咬菜根。上桌之后,果然战退了肉丝焦炒香干的诱惑,致全力于青菜汤的碗里搜求菜根。找到之后,一面着力地咬,一面又在心中决定,将来做了英雄的时候，一定要叫老唐妈特别为我一人炒一大盘肉丝香干摆上得胜之筵。

萝卜当然也是一种菜根。有一个新鲜的早晨，在卖菜的吆喝声中，起身披衣出房，看见桌上放着一碗雪白的热气腾腾的粥，粥碗前是一盘腌菜，有长条的青黄色的豇豆，有灯笼形的通红的辣椒，还有萝卜，米白色而圆滑，有如一些煮熟了的鸡蛋。这与范文正的淡黄荠差得多远！我相信那个说咬得菜根百事可作的老祖宗，要是看见了这样的一顿早饭，决定会摇他那白发之头的。

还有一种菜根，白薯。但是白薯并不难咬，我看我们的那班能吃苦的祖先，如果由奈河桥或是望乡台在过年过节的时候回家，我们决不可供些什么煮得木头般硬的鸡或是浑身有刺的鱼。因为他们老人家的牙齿都掉完了，一定领略不了我们这班后人的孝心。我们不如供上一盘最容易咬的食品，煮白薯。

如果咬菜根能算得艰苦卓绝，那我简直可以算得艰苦卓绝中最艰苦卓绝的人了。因为我不单能咬白薯，并且能咬这白薯的皮。给我一个刚出灶的烤白薯，我是百事可做的，甚至教我将那金子一般黄的肉通同让给你，我都做得到。惟独有一件事，我却不肯做，那就是把烤白薯的皮也让给你。它是全个烤白薯的精华，又香又脆，正如那张红皮，是全个红烧肘子的精华一样。

山药、慈姑，也是菜根。但是你如果拿它们来给我咬，我并不拒绝。

我并非一个主张素食的人，但是却不反对咬菜根。据西方的植物学者的调查，中国人吃的菜蔬有六百种，比他们多六倍。我宁可这六百种的菜根，种种都咬到，都不肯咬一咬那名扬四海的猪尾或是那摇来乞怜的狗尾，或是那长了疮脓血也不多的耗子尾巴。

# 谈 吃

夏丏尊

说起新年的行事，第一件在我脑中浮起的是吃。回忆幼时一到冬季，就日日盼望过年，等到过年将届就乐不可支。因为过年的时候，有种种乐趣，第一是吃的东西多。

中国人是全世界善吃的民族。普通人家，客人一到，男主人即上街办吃场，女主人即入厨罗酒浆，客人则坐在客堂里口嗑瓜子，耳听碗盏刀俎的声响，等候吃饭。吃完了饭，大事已毕，客人拔起步来说"叨扰"，主人说"没有什么好的待你"，有的还要苦留"吃了点心去"，"吃了夜饭去"。

遇到婚丧，庆吊只是虚文，果腹倒是实在。排场大的大吃七日五日，小的大吃三日一日。早饭、午饭、点心、夜饭、夜点心，吃了一顿又一顿，吃得不亦乐乎，真是酒可为池，肉可成林。

过年了，轮流吃年饭，送食物。新年了，彼此拜来拜去，讲吃局。端午要吃，中秋要吃，生日要吃，朋友相会要吃，相别要吃。只要取得出名词，就非吃不可，而且一吃就了事，此外不必有别的什么。

小孩子于三顿饭以外，每日好几次地向母亲讨铜板，买食吃。普通学生最大的消费不是学费，不是书籍费，乃是吃的用途。成人对于父母的孝敬，重要的就是奉甘旨。中馈自古占着女子教育上的主要部分。"食不厌精，脍不厌细"，"沽酒，市脯"，"割不正"，圣人不吃。梨子蒸得味道不好，贤人就可以出妻。家里的老婆如果弄得出好菜，就可以骄人。古来许多名士至于费尽苦心、别出心裁，考察出好几部特别的食谱来。

不但活着要吃，死了仍要吃。他民族的鬼只要香花就满足了，而中国的鬼仍依旧非吃不可。死后的饭碗，也和活时的同样重要，或者还更重要。普通人为了死后的所谓"血食"，不辞广蓄姬妾，预置良田。道学家为了死后的冷猪肉，不辞假仁假义，拘束一世。朱竹垞宁不吃冷猪肉，不肯从其诗集中删去《风怀二百韵》的艳诗，至今犹传为难得的美谈，足见冷猪肉牺牲不掉的人之多了。

不但人要吃，鬼要吃，神也要吃，甚至连没嘴巴的山川也要吃。有的但吃猪头，有的要吃全猪，有的是专吃羊的，有的是专吃牛的，各有各的胃口，各有各的嗜好，古典中大都详有规定，一查就可知道。较之于他民族的对神只作礼拜，他民族的神似是唯心，中国的神似是唯物，似乎都是主张马克思学说的。

梅村的诗道"十家三酒店"，街市里最多的是食物铺。俗语说"开门七件事"，家庭中最麻烦的不是教育或是什么，乃是料理食物。学校里最难处置的不是程度如何提高，教授如何改进，乃是饭厅风潮。

俗语说得好，只有"两脚的爷娘不吃，四脚的眠床不吃"。中国人吃的范围之广，真可使他国人为之吃惊。中国人于世界普通的食物之外，还吃着他国人所不吃的珍馐；吃西瓜的实，吃鲨鱼的鳍，吃燕子的窠，吃狗，吃乌龟，吃狸猫，吃癞蛤蟆，吃癞头鼋，吃小老鼠。有的或竟至吃到小孩的胞衣以及直接从人身上取得的东西。如果能够，怕连天上的月亮也要挖下来尝尝哩。

至于吃的方法,更是五花八门,有烤,有炖,有蒸,有卤,有炸,有烩,有熏,有醉,有炙,有熘,有炒,有拌,真正一言难尽。古来尽有许多做菜的名厨师,其名字都和名卿相一样赫赫地留在青史上。不,他们之中有的并升到高位,老老实实就是名卿相。如果中国有一件事可以向世界自豪的,那么这并不是历史之久、土地之大、人口之众、军队之多、战争之频繁,乃是善吃的一事。中国的肴菜已征服了全世界了。有人说中国人有三把刀为世界所不及,第一把就是厨刀。

不见到喜庆人家挂着的福禄寿三星图吗？福禄寿是中国民族生活上的理想。画上的排列是禄居中央,右是福,寿居左。禄也者,拆穿了说就是吃的东西。老子也曾说过:"虚其心实其腹","圣人为腹不为目"。吃最要紧,其他可以不问。"嫖赌吃着"之中,普通人皆认吃最实惠。所谓"着威风,吃受用,赌对冲,嫖全空",什么都假,只有吃在肚里是真的。

吃的重要更可于国人所用的言语上证之。在中国,吃字的意义特别复杂,什么都会带了"吃"字来说。被人欺负曰"吃亏",打巴掌曰"吃耳光",希求非分曰"想吃天鹅肉",诉讼曰"吃官司",中枪弹曰"吃卫生丸",此外还有什么"吃生活""吃排头"等。相见的寒暄,他民族说"早安""午安""晚安",而中国人则说:"吃了早饭没有?""吃了中饭没有?""吃了夜饭没有?"对于职业,普通也用吃字来表示,营什么职业就叫做吃什么饭。"吃赌饭""吃堂子饭""吃洋行饭""吃教书饭",诸如此类,不必说了。甚至对于应以信仰为本的宗教者,应以保卫国家为职志的军士,也都加吃字于上。在中国,教徒不称信者,叫做"吃天主教的""吃耶酥教的",从军的不称军人,叫做"吃粮的",最近还增加了什么"吃党饭""吃三民主义"的许多新名词。

衣、食、住、行为生活四要素,人类原不能不吃。但吃字的意义如此复杂,吃的要求如此露骨,吃的方法如此麻烦,吃的范围如此广泛,好像除了吃以外就无别事也者,求之于全世界,这怕只有中国民族如此的了。

在中国,衣不妨污浊,居室不妨简陋,道路不妨泥泞,而独在吃上分毫不能马虎。衣、食、住、行的四事之中,食的程度远高于其余一切,很不调和。中国民族的文化,可以说是口的文化。

佛家说六道轮回,把众生分为天、人、修罗、畜生、地狱、饿鬼六道。如果我们相信这话,那么中国民族是否都从饿鬼道投胎而来,真是一个疑问。

# 论吃饭

朱自清

我们有自古流传的两句话：一是"衣食足则知荣辱"，见于《管子·牧民》篇，一是"民以食为天"，是汉朝郦食其说的。这些都是从实际政治上认出了民食的基本性，也就是说从人民方面看，吃饭第一。另一方面，告子说"食色，性也"，是从人生哲学上肯定了食是生活的两大基本要求之一。《礼记·礼运》篇也说到"饮食男女，人之大欲存焉"，这更明白。照后面这两句话，吃饭和性欲是同等重要的，可是照这两句话里的次序，"食"或"饮食"都在前头，所以还是吃饭第一。

这吃饭第一的道理，一般社会似乎也都默认。虽然历史上没有明白的记载，但是近代的情形，据我们的耳闻目见，似乎足以教我们相信从古如此。例如，苏北的饥民群到江南就食，差不多年年有。最近天津《大公报》登载的费孝通先生的《不是崩溃是瘫痪》一文中就提到这个。这些难民虽然让人们讨厌，可是得给他们饭吃。给他们饭吃固然也有一二成出于慈善心，就是恻隐心，但是八九成是怕他们，怕他们铤而走险，"小人穷斯滥矣"，什么事做不出来！给他们吃饭，江南人算是认了。

可是法律管不着他们吗？官儿管不着他们吗？干吗要怕要认呢？可是法律不外乎人情，没饭吃要吃饭是人情，人情不是法律和官儿压得下的。没饭吃会饿死，严刑峻法大不了也只是个死，这是一群人，群就是力量：谁怕谁！在怕的倒是那些有饭吃的人们，他们没奈何只得认点儿。所谓人情，就是自然的需求，就是基本的欲望，其实也就是基本的权利。但是饥民群还不自觉有这种权利，一般社会也还不会认清他们有这种权利；饥民群只是冲动的要吃饭，而一般社会给他们饭吃，也只是默认了他们的道理，这道理就是吃饭第一。

三十年夏天笔者在成都住家，知道了所谓"吃大户"的情形。那正是青黄不接的时候，天又干，米粮大涨价，并且不容易买到手。于是乎一群一群的贫民一面抢米仓，一面"吃大户"。他们开进大户人家，让他们煮出饭来吃了就走。这叫作"吃大户"。"吃大户"是和平的手段，照惯例是不能拒绝的，虽然被吃的人家不乐意。当然真正有势力的尤其有枪杆的大户，穷人们也识相，是不敢去吃的。敢去吃的那些大户，被吃了也只好认了。那回一直这样吃了两三天，地面上一面赶办平粜，一面严令禁止，才打住了。据说这"吃大户"是古风。那么上文说的饥民就食，该更是古风罢。

但是儒家对于吃饭却另有标准。孔子认为政治的信用比民食更重，孟子倒是以民食为仁政的根本。这因为春秋时代不必争取人民，战国时代就非争取人民不可。然而他们论到士人，却都将吃饭看作一个不足重轻的项目。孔子说"君子固穷"，说吃粗饭、喝冷水，"乐在其中"，又称赞颜回吃喝不够，"不改其乐"。道学家称这种乐处为"孔颜乐处"，他们教人"寻孔颜乐处"，学习这种为理想而忍饥挨饿的精神。这理想就是孟子说的"穷则独善其身，达则兼善天下"，也就是所谓"节"和"道"。孟子一方面不赞成告子说的"食色，性也"，一方面在论"大丈夫"的时候列入了"贫贱不能移"一个条件。战国时代的"大丈夫",相当于春秋时的"君子",都是治人的劳心的人。这些人虽然也有饿饭的时候,但是一朝得了时,吃饭是不成问题的,不像小民往往一辈子为了吃饭而挣扎着。因此士人就不难将道和节放在第一,而认为吃饭好像是一个不足重轻的项目了。

伯夷、叔齐据说反对周武王伐纣,认为以臣伐君,因此不食周粟,饿死在首阳山。这也是只顾理想的节而不顾吃饭的。配合着儒家的理论,伯夷、叔齐成为士人立身的一种特殊的标准。所谓特殊的标准,就是理想的最高的标准。士人虽然不一定人人都要做到这地步,但是能够做到这地步最好。

经过宋朝道学家的提倡,这标准更成了一般的标准,士人连妇女都要做到这地步。这就是所谓"饿死事小,失节事大"。这句话原来是论妇女的,后来却扩而充之普遍应用起来,造成了无数的残酷的愚蠢的殉节事件。这正是"吃人的礼教"。人不吃饭,礼教吃人,到了这地步总是不合理的。

士人对于吃饭却还有另一种实际的看法。北宋的宋郊、宋祁兄弟俩都做了大官,住宅挨着。宋祁那边常常宴会歌舞,宋郊听不下去,教人和他弟弟说,问他还记得当年在和尚庙里咬菜根否？宋祁却答得妙：请问当年咬菜根是为什么来着！这正是所谓"吃得苦中苦，方为人上人"。做了"人上人"，吃得好、穿得好、玩儿得好，"兼善天下"于是成了个幌子。照这个看法，忍饥挨饿或者吃粗饭、喝冷水，只是为了有朝一日可以大吃大喝、痛快地玩儿。吃饭第一原是人情，大多数士人恐怕正是这么在想。不过宋郊、宋祁的时代，道学刚起头，所以宋祁还敢公然表示他的享乐主义。后来，士人的地位增进，责任加重，道学的严格的标准掩护着也约束着在治者地位的士人。他们大多数心里尽管那么在想，嘴里却就不敢说出。嘴里虽然不敢说出，可是实际上往往还是在享乐着。于是他们多吃多喝，就有了少吃少喝的人。这少吃少喝的自然是被治的广大的民众。

民众，尤其农民，大多数是听天由命、安分守己的，他们惯于忍饥挨饿，几千年来都如此。除非到了最后关头，他们是不会行动的。他们到别处就食，抢米，吃大户，甚至于造反，都是被逼得无路可走才如此。这里可以注意的是他们不说话；"不得了"就行动，忍得住就沉默。他们要饭吃，却不知道自己应该有饭吃；他们行动，却觉得这种行动是不合法的，所以就索性不说什么话。说话的还是士人。他们由于印刷的发明和教育的发展等等，人数加多了，吃饭的机会可并不加多，于是许多人也感到吃饭难了。这就有了"世上无如吃饭难"的慨叹。虽然难，比起小民来还是容易。因为他们究竟属于治者，"百足之虫，死而不僵"，有的是做官的本家和亲戚朋友，总得给口饭吃。这饭并且总比小民吃得好。孟子说做官可以让"所识穷乏者得我"，自古以来做了官就有引用穷本家、穷亲戚、穷朋友的义务。到了民国，黎元洪总统更提出了"有饭大家吃"的话。这真是"菩萨"心肠，可是当时只当作笑话。原来这句话说在一位总统嘴里，就是贤愚不分、赏罚不明，就是糊涂。然而到了那时候，这句话却已经藏在差不多每一个士人的心里。难得的倒是这糊涂！

　　第一次世界大战加上五四运动，带来了一连串的变化，中华民国在一颠一拐地走着之字路，走向现代化了。我们有了知识阶级，也有了劳动阶级，有了索薪，也有了罢工，这些都在要求"有饭大家吃"。知识阶级改变了士人的面目，劳动阶级改变了小民的面目，他们开始了集体的行动。他们不能再安贫乐道了，也不能再安分守己了。他们认出了吃饭是天赋人权，公开的要饭吃，不是大吃大喝，是够吃够喝，甚至于只要有吃有喝。然而这还只是刚起头。到了这次世界大战当中，罗斯福总统提出了四大自由,第四项是"免于匮乏的自由"。"匮乏"自然以没饭吃为首,人们至少该有免于没饭吃的自由。这就加强了人民的吃饭权,也肯定了人民的吃饭的要求。这也是"有饭大家吃",但是着眼在平民、在全民,意义大不同了。

抗战胜利后的中国,想不到吃饭更难,没饭吃的也更多了。到了今天,一般人民真是不得了,再也忍不住了,吃不饱甚至没饭吃,什么礼义、什么文化都说不上。这日子就是不知道吃饭权也会起来行动了,知道了吃饭权的,更怎么能够不起来行动,要求这种"免于匮乏的自由"呢?于是学生写出"饥饿事大,读书事小"的标语,工人喊出"我们要吃饭"的口号。这是我们历史上第一回一般人民公开的承认了吃饭第一。这其实比闷在心里糊涂的骚动好得多。这是集体的要求,集体是有组织的,有组织就不容易大乱了。可是有组织也不容易散。人情加上人权,这集体的行动是压不下也打不散的,直到大家有饭吃的那一天。

一九四七年六月二十一日作